KB045878

나의 행복한 결혼

목차

서장

그녀가 제도를 찾아온 것은 가을이 끝나고 겨울의 초입
에 접어든 시기였다.

열차에서 내려 커다란 가죽 가방을 들고 역의 복도에
서자, 바쁘게 오가는 수많은 사람에 치일 것 같았다.

'제도는 역시 사람이 많구나.'

몇 년 전에는 여기에 살면서 일했으나, 오랜만에 오니
이 소음에는 역시 기분이 가라앉는다.

한숨을 쉬며 하얀 장갑을 낀 손으로 가방을 고쳐잡은
그녀는 혼잡한 인파 속을 걸어가기 시작했다.

역에서 빠져나오자 차가운 바람이 쌩쌩 불어 닥쳤다.
추위에 어깨를 움츠리고, 무릎까지 내려가는 코트 자락
을 그러모았다.

"추워……."

무의식중에 중얼거리며 버스 정거장을 향해 발을 내디딘 순간이었다.

"——아가씨."

자그마한 목소리가 들린 것 같았다.

속삭이는 듯한 부름은 사람들의 웅성거림에 파묻혀버릴 정도로 희미했지만, 그녀의 귀에 똑똑히 들렸다.

다만 사람이 워낙 많다.

여기저기에서 누군가를 부르는 목소리가 오가고 있으니, 자신을 향한 것이라는 보장이 없다.

'오늘 누군가가 나를 마중 나온다는 이야기는 듣지 못했는데…….'

역시 착각이었던 건지 잠시 고민하는 사이에 다시 목소리가 들렸다.

"——세요. 아가씨."

생각했던 것보다도 가까이에서 들린 목소리에 놀라며 돌아보았다.

그곳에는 아마도 40대 초반으로 보이는, 안경을 쓴 남성의 부드러운 미소가 있었다. 그러나 표정과는 달리 유독 인상에 남는 이질적인 눈을 지녔다.

그리고 그 으스스하게 빛나는 눈동자는 의심의 여지 없이 그녀를 향하고 있었다.

"저에게 무슨 용건이라도?"

그녀가 묻자, 남성은 눈꼬리를 접으며 한층 짙은 미소를 지었다.

"함부로 말을 걸어서 죄송합니다. 진노우치 카오루코 씨."

"!"

어째서 자신의 이름을.

그녀—— 카오루코가 눈을 부릅뜬 것과 동시에 남성이 말을 이었다.

"제 이름은 우스이 나오시. 당신에게 꼭 부탁하고 싶은 일이 있습니다."

1장  상흔과 경계

어느 늦가을의 이른 아침. 사이모리 미요는 제 방에 있는 거울을 진지한 표정으로 바라보고 있었다.

옅은 녹색에 고운 동백꽃 무늬가 들어간 아와세를 입었다. 단정하게 오비를 두르고, 긴 머리카락을 빗어서 정리하고 얼굴에는 연하게 화장한 뒤 이상한 구석이 없는지 거듭 확인했다.

'⋯⋯좋아.'

쿠도 가의 당주이자 군대에서는 소대를 통솔하는 쿠도 키요카의 약혼자로서 못난 모습을 보일 수는 없다.

"미요, 슬슬 가자."

"네, 네!"

방 밖에서 자신을 부르는 목소리가 들렸다.

허둥지둥 하오리와 손가방을 들고 방에서 나오자 이미

군복을 입은 키요카가 기다리고 있었다.

찰랑찰랑한 연갈색의 머리카락도 빼어난 미모도 여느 때와 같지만, 어딘가 표정이 딱딱하고 그늘져 보였다. 그의 부모가 사는 별장에서 제도로 돌아온 그 날 이후 계속 이렇다.

"낭군님."

작게 말을 걸자 짧게 숨을 내쉰 뒤 이쪽을 내려다보았다.

"긴장했나?"

"네. 조금. ……이런 식으로 대이특무소대의 주둔소에 실례하게 되는 건 처음이니까요."

두 사람은 지금부터 키요카의 직장인 대이특무소대의 주둔소에 간다.

왜 미요도 따라가는가. 그 원인은 며칠 전 역에서의 해후에 있었다.

『──내 딸아.』

그 목소리를 떠올리기만 해도 정체를 알 수 없는 두려움이 밀어닥쳤다.

자신의 얼굴에서 핏기가 사라지는 걸 느낀 미요는 억지로 웃었다.

"하지만 괜찮습니다. 노력하겠습니다."

"그렇게 힘주지 마. 단순한 회의니까."

우습다는 듯 입가가 풀어진 키요카를 보고 안도했다.

이번에 본인의 오른팔이라고 할 수 있는 고도가 그렇게 되는 바람에 가장 고통스러워하는 사람은 키요카다.

그러니 미요가 최선을 다해 그의 버팀목이 되어야 한다. 두려워할 여유는 없다.

미요와 키요카가 함께 현관으로 가자 유리에가 배웅해주었다.

오늘만큼은 미요도 외출하기 때문에 집안일을 할 시간이 없어, 이렇게 쿠도 가의 사용인인 그녀를 불렀다.

"도련님, 미요 님. 다녀오세요."

분명 두 사람의 불안이나 긴장…… 분노나 슬픔이 뒤섞인 딱딱한 분위기를 알아차렸을 텐데도 유리에는 여느 때와 다름없이 온화한 미소를 지었다.

어머니와도 같은 따스한 미소에 큰 안도를 느끼고 격려를 받는다.

자연스럽게 미요도 키요카도 미소를 돌려주었다.

"다녀오겠습니다."

아직 해가 다 뜨지 않아 흐릿한 집 밖은 피부를 쿡쿡 지르는 듯한 냉기가 깔려있어 내뱉는 숨이 모조리 하얗다.

자동차에 타자 키요카는 바로 시동을 걸고 운전대를 잡

앉다.

천천히 움직이는 차 안에서 작은 목소리가 흘러나왔다.

"미안하다."

"아뇨."

"사과하게 해줘. 앞으로 어떻게 될지 아직 분명한 건 아무것도 없어. 하지만 하지만 확실한 건 위험에 끌어들였다는 거지."

엄격하고 씁쓸해 보이는 약혼자의 얼굴에 가슴이 아팠다.

위험한 일이 일어났지만 키요카의 책임이 아니다. 누가 그를 비난할 수 있을까.

"……아뇨. 본래 저도 무관계하지 않았습니다. 그러니까."

자책하지 마세요.

그렇게 말할 수 있다면 좋았겠지만, 미요가 지금 아무리 호소하고 소리친다고 해도 의미가 없다는 건 뻔히 안다. 키요카는 다정하니까 신경 쓰지 말라고 해도 불가능할 것이다.

갈 곳 없는 슬픔과 속상함을 안고, 미요는 그날 있었던 일을 떠올렸다.

◇ ◇ ◇

그날 쿠도 가의 별장에서 제도로 돌아온 미요, 키요카, 우스바 아라타 세 사람을 역에서 맞아준 이는 처음 보는 중년의 남성이었다.

『──내 딸아. ……라고 한다면 거창하게 들리겠군.』

천연덕스럽게 '하하하' 웃는 남자의 외모는 표면상으로는 지극히 '평범'해 보였다.

군데군데 희끗희끗한 진갈색 머리카락을 짧게 쳤고, 약간 말상이지만 이목구비가 뚜렷하며 둥글고 검은 안경을 썼다. 짙은 색의 기모노 위에 하카마를 입고 외투로 톤비를 걸친 모습은 다소 차림새가 좋은 부류이긴 하나 몹시 평범하다.

하지만 남자가 범상치 않은 자라는 건 미요도 알 수 있었다.

안경 너머, 남자의 눈동자는 날카롭게 번들거리며 불길하게 빛나고 있었기 때문이다.

이미 키요카도 아라타도 짐을 내던지고 살기등등하게 자세를 잡았다. 급박한 분위기에 미요는 무의식중에 숨을 죽였다.

『우스이 나오시인가.』

키요카가 차분한 목소리로 묻자, 남자── 우스이 나오

시는 미소를 거두지 않은 채 뒤통수에 손을 올리고 살짝 고개를 숙였다.

『네, 맞습니다. 제가 우스이입니다.』

『그렇다면 그 엉성한 연기는 그만두시죠.』

험악한 얼굴로 우스이의 말을 가로막듯 던진 사람은 아라타였다.

『고분고분한 태도를 보여봤자 소용없습니다. 당신의 눈을 보고…… 이런 이야기를 들었던 걸 떠올렸으니까요. 우스이 가의 장남은 어릴 때부터 몹시 잔인하면서도 냉혹하여 감당하기 어려운 아이였다고.』

나이를 먹을수록 얌전해졌다고 하지만요. 아라타는 그렇게 덧붙였다. 그의 어조는 조용했지만 여유가 없어, 뒤에서 듣고 있던 미요에게도 팽팽하게 조여진 분위기가 전해졌다.

『인간의 근본은 그리 쉽게 변하지 않으니까요.』

침묵이 일동을 감쌌다. 그러나 다음 순간, 우스이가 그 침묵을 깨트렸다.

『하, 아하하하하! 그건 그렇지. 역시 우스바 본가의 후계자는 잘 아는군.』

배를 잡고, 때로는 갈라진 목소리로 눈꼬리에 눈물을 매달고 폭소하는 우스이. 힉힉 헐떡이면서 한바탕 웃어젖힌 그가 고개를 들자 이를 드러낸 사나운 표정으로 변모해 있었다.

그 날카로운 시선은 키요카와 아라타가 등 뒤로 보호하고 있는 미요에게 쏟아졌다.

『인간의 성격 따위는 사소한 것이지. 얼마든지 만들고 위장할 수 있다. 특히 자신의 목적을 달성하기 위해서라면.』

손바닥이며 등에 식은땀이 맺힌다. 미요는 자신이 뱀 앞의 개구리가 된 듯한 기분이 들었다.

우스이라는 남자는 정체를 알 수 없다. 이 짧은 시간 내에도 그것을 강하게 느꼈다.

말 그대로 그의 행동에는 전혀 일관성이 없어 무슨 생각을 하는지, 다음에 어떤 행동을 할지도 알 수 없다.

지리멸렬을 인간의 형태로 빚는다면 이렇게 될까.

아라타가 몰래 숨겨 들고 있던 총이 철컥 울렸다. 미요는 알 수 없었지만, 아마도 키요카도 늘 들고 다니는 무기를 언제든지 꺼낼 수 있는 상태일 터이다.

하지만 우스이는 두 사람의 살기에는 조금도 아랑곳하지 않고 어깨를 으쓱이며 입꼬리를 일그러트렸다.

『흉흉하기도 하지. 오늘은 인사하러 왔을 뿐이라 나에게 싸울 의사는 없는데도.』

『믿을 수 없군. 게다가 네놈은 이미 체포대상이다.』

『그렇게 말하지 말고. 우리 쪽 녀석이 쿠도 소령, 귀공에게 차였는데 말이야. 상사로서 인사하러 오지 않을 수도 없지 않나? ──선물도 준비했다. 분명 우리와 협력하고 싶어질 터.』

선물. 미요는 입속으로 중얼거렸다. 설마 과자 상자 같은 걸 들고 왔을 리는 없다.

머릿속이 공포로 마비되는 것 같아 제대로 머리가 돌아가지 않는다.

『선물이라고?』

『그래. 귀공이 이번에 적발한 장소는 그저 일회용 실험장에 불과해. 거점은 여기저기에 여기저기 흩어져 있으나, 그 일부를 군대가 특정하여 일제 적발한 모양이야. 함정일 가능성도 생각하지 않고. 쿠도 소령, 귀공의 부하가 무사하길 빌지.』

일회용 실험장, 일제 적발…… 함정. 흉흉한 단어가 이어지자 미요는 우스이가 한 말의 의미를 이해할 수 없었다.

한편 키요카는 미약하게 눈썹을 치켜세우고는 그 입술이 떨린 것 같았다.

『나를 협박할 생각인가?』

『영업에 선물은 필수품이지. ──자, 왔군.』

우스이가 턱짓한 곳에는 허공에 떠 있는 작은 그림자가 있었다. 잘 보자 그것은 누군가가 보낸 것으로 보이는 하얀 종이 식신이었다.

키요카는 우스이에게서 시선을 떼지 않은 채 그 식신을 잡아 표면에 적힌 짧은 글귀 위로 빠르게 시선을 굴렸다.

『어떻지? 우리와 협력하고 싶어질 좋은 소식이라고 보는데.』

온화하지만, 어딘가 도발하는 듯한 우스이의 태도에 키요카는 손안에 있던 식신을 구기고 작게 혀를 찼다.

『네놈을 여기서 잡는다면 상관없다.』

『돕겠습니다. 소령님.』

키요카의 말에 아라타가 호응했다. 미요가 정신을 차렸을 때는 이미 키요카가 우스이 쪽으로 달려가고 있었다. 더구나 아라타는 수많은 일반인이 있는 역 안인데도 불구하고 당당하게 표적을 향해 권총을 겨누었다.

'……이상해.'

가까스로 이 상황이 기괴하다는 걸 알아차렸다.

키요카도 아라타도 이미 눈치챘을 것이다. 역을 오가는 사람이 아무도 이쪽을 보지 않는다. 이런 식으로 인파 한복판에 멈춰서서 이야기하고 있는데…… 심지어 총까지 꺼냈는데도 그 누구도 이쪽이 보이지 않는다는 듯 무관심하게 지나간다. 본래대로라면 틀림없이 커다란 소란이 일어났을 텐데.

'이건 저 사람의 이능인가?'

아니면 사람을 차단하는 결계일까. 판별할 수 없다.

그때였다.

우스이의 모습이 갑자기 투명해진 것 같았다.

이어서 붙잡으려고 한 키요카의 손은 허공을 갈랐고——.

『미요, 내 딸아. 꼭 다시 데리러 오마.』

미요의 귓가에서 불길하게 속삭이는 목소리.

어느새 우스이는 키요카와 아라타의 뒤에서 보호받고 있었던 미요의 옆에 서 있었다.

『……!』

『미요, 움직이지 마세요!』

탕! 건조한 소리와 함께 아라타의 총에서 날아간 탄환은 미요 옆을 스치며 땅바닥을 튕겼다.

남자는 이미 어디에도 없었다.

◇ ◇ ◇

미요는 자신의 차가운 손끝을 움켜쥐고 자동차의 창문

너머로 흘러가는 풍경을 흘깃 바라보았다.

'나는 사이모리 가의 딸이 아니었던 거야……?'

데리러 오겠다고 한 우스이의 말에 두려움을 느낀다. 하지만 그 이상으로 미요를 자신의 딸이라고 한 그 남자의 진의가 마음에 걸렸다.

믿고 싶지 않다.

만약 그것이 사실이라면 미요는 그 집의 딸로 대우받지 못하는 게 당연했다는 뜻이 된다. 가족으로 봐주지 않고, 몸도 마음도 아프고 괴로웠던 그 시절이 정당했다고.

더불어 정말 우스이 나오시가 친아버지라면.

이능심교의 조사(祖師)라는 그의 '선물'은 최악이었다.

군대가 특정해낸 이능심교의 거점으로 추정되는 장소의 일부가, 일제 적발로 돌입한 것과 동시에 폭발했다.

피해는 막대했다. 당연히 그건 키요카의 소대도 예외가 아니었다.

'……다친 사람도 있고, 게다가 고도 님도.'

쿠도 가 별장에서 겪은 마을 사람 건도 있다. 이능심교는 인간의 이성을 없애고 공포에 빠트린다.

수많은 사람에게 상처를 준 그런 남자가 아버지라니 생각하고 싶지도 않다. 사이모리 가에서 보낸 과거 이상으로 미요에게는 받아들이기 힘든 일이었다.

상상만으로도 속이 울렁거려 미요는 무의식중에 주먹을 세게 움켜쥐었다.

키요카가 운전하는 자동차는 아침의 인파가 적은 길을 매끄럽게 빠져나가 대이특무소대의 문으로 들어갔다.

"가자."

"네."

자동차가 멈추고 미요와 키요카는 나란히 주둔소에 발을 들여놓았다.

아직 이른 아침인데도 주둔소에는 적지 않은 대원이 바쁘게 오가고 있었다.

"좋은 아침입니다."

인사하는 대원들에게 미요도 인사를 돌려주었다.

신기해하는 시선을 받을 줄 알았는데 이미 미요에 대해 널리 알려진 건지, 단순히 다들 바빠서 그런지 별다른 거북함은 느껴지지 않았다.

"미요. 너는 지금부터 회의에 참가해야 해."

"네."

"하지만 그 전에."

키요카는 회의실 앞을 지나쳐 다른 곳보다 조금 화려하게 장식된 문을 벌컥 열었다.

"먼저 소개하고 싶은 사람이 있다."

"소개하고 싶은……? 혹시."

그러고 보면, 우스이의 표적이 된 장본인인 미요에게는 황공하게도 대이특무소대에서 경호가 붙는다고 들었다.

과잉 대응이라고 말하고 싶었지만 지난번 우스이의 모습을 떠올리면 거부할 수 없다.

문 너머는 넓은 방이었다.

커다란 집무책상이 안쪽에 떡하니 자리하고 있으며, 탁자와 소파도 있다. 주둔소의 살풍경한 다른 방과는 다르게 응접실과 비슷하게 아름다웠지만, 서류가 산처럼 쌓여있어서 어수선하기도 했다.

소개해줄 인물로 보이는 사람은 아직 방에 없었다.

"어지러워서 미안하다. 여기가 내 집무실이야. 근무 중에는 이 방에 있을 때가 많지."

"어…… 저기, 제가 들어가도 되는 건가요?"

놀란 미요는 약혼자의 얼굴을 올려다보았다.

군대란 기밀이 많은 곳이다. 이 중에는 보여주면 곤란한 정보도 있을 텐데.

"문제없어. 오늘부터 네 신병은 이 주둔소에서 보호한다. ……아마도 조금 뒤의 회의에서 그렇게 정해지겠지. 그렇다면 끝까지 숨길 수 있는 것도 아니니까."

"그렇, 습니까."

"그래. ──미안하다. 앞으로 당분간 이능심교 건이 정리될 때까지는 불편해질 거야."

"아뇨. 낭군님께서 저를 걱정해주신다는 건 알고 있으니까요."

물론 키요카의 개인적인 감정으로 미요에게 경호를 붙이는 건 아닐 터이다. 회의에는 그의 상관인 오오카이토도 참가한다고 하니, 미요를 지키는 건 군대의 방침일 것이다.

하지만 키요카의 표정을 보니 그가 미요를 몹시 걱정한다는 게 전해졌다.

"우선 앉아. 곧 올 테니까."

그가 원하는 대로 소파에 앉아 숨을 돌렸다. 부드러운 감촉 덕분에, 기합이 너무 들어간 건지 딱딱하게 굳었던 몸이 조금 편해졌다.

"피곤한가?"

"아뇨. 이제 막 온 참이니까요."

고개를 저었다. 그러자 갑자기 키요카의 경이로울 만치 아름다운 얼굴이 가까이 다가왔다.

"안색이 그리 좋지 않군."

"그, 그렇지 않습니다."

단숨에 뺨이 뜨거워져서 튀어 오르듯 반사적으로 몸을

물렸다.

　몸 상태는 나쁘지 않다. 안색이 어둡다면, 그건 긴장이
나 불안 때문이다.

　그렇게 대답하려고 했으나 혀가 제대로 움직여지지 않
았다.

　'부끄러워.'

　이 자세는 며칠 전 별장에서 있었던 일을 무심코 떠올
리기 때문에 냉정함을 유지할 수 없다.

　눈 둘 곳이 없어 이리저리 시선을 굴리고 있었더니, 키
요카는 눈썹꼬리를 아래로 내리고 웃으면서 거리를 벌
렸다.

　"지나치게 의식하는군. 아무리 그래도 일터에서 이상한
짓은 하지 않아."

　"이, 일터에서는……?"

　"집에서도."

　"윽. 너, 너무하세요."

　아무래도 놀린 모양이다. 미요는 두 손으로 따끈따끈한
뺨을 가리며 분개했다.

　마침 대화가 끊어진 그때, 똑똑 문을 두드리는 소리가
울렸다. 마침내 기다리던 사람이 온 모양이었다.

　미요는 달아오른 얼굴을 식히면서 자세를 고쳤다.

"대장님, 진노우치입니다. 들어가도 괜찮겠습니까?"

"들어와."

"실례합니다."

문을 열고 들어온 사람은 늘씬한 몸에 군복을 단정히 차려입은──.

'아름다운, 여성?'

키요카의 외모에 익숙해져 버린 건지, 처음에는 선이 가는 중성적인 남성인 줄 알았으나 아니었다. 뒤통수에서 한 갈래로 묶은 긴 머리카락을 흩날리며 보무도 당당하게 걸어오는 그녀는 미요와 비슷한 나이에 늠름한 이목구비를 지닌 아름다운 여성이었다.

'군대는 남자만 있는 게 아니었나?'

고개를 갸웃거리던 도중 문득 여성과 눈이 마주치자, 그녀가 웃었다.

말 그대로 동성이라고 해도 넋을 놓게 될 정도의 미인이다. 여성으로서의 아름다움도 지녔으면서 남성과 같은 딱딱한 군복을 소화하는 그 모습은 마치 가부키 배우 같았다.

모처럼 식힌 뺨이 다른 의미로 다시 뜨거워질 것 같았다.

"진노우치, 잘 왔다. 앉아."

"네. 실례합니다."

키요카는 여성을 진노우치라고 부르며 맞은편 자리를 권한 뒤, 본인은 자연스러운 동작으로 미요 옆에 앉았다.

"옛 수도에서 급하게 불러내서 미안하다."

"아뇨, 당치도 않습니다. 오랜만입니다, 쿠도 님."

생글생글 웃는 그녀는 가까이서 보자 의외로 친근한 인상으로, 부드러우며 온화한 인물로 보였다.

"미요, 이쪽은 진노우치 카오루코다. 평소에는 옛 수도에 있는 대이특무 제2소대에서 일하고 있지. 고도가 빠진 빈자리를 메우기 위해 와 달라고 했다. 이번에 네 호위를 맡게 되었지. ……진노우치, 이쪽은 내 약혼자로 사이모리 미요다."

키요카의 소개를 받고 여성—— 카오루코는 자세를 바로잡은 뒤 인사했다.

"진노우치 카오루코입니다. 잘 부탁드립니다."

"사이모리 미요입니다. 저야말로 잘 부탁드립니다."

아름다운 데다 예의 바른 카오루코에게 주눅이 들면서도 미요도 인사를 돌려주었다.

카오루코는 미소 지으며 한쪽 손을 내밀었다.

"미요 씨라고 불러도 될까요?"

"앗, 네. 편하신 대로 불러주세요."

"좋은 이름이군요. 저는 쿠도 님의 약혼자가 대체 어떤 사람인지 무척 궁금했거든요. 미요 씨처럼 부드러워 보이는 사람이라니, 왠지 이해가 가네요."

카오루코의 말투는 의외로 겉모습에서 느껴지는 인상보다 더 경쾌하며 담백했다.

미요는 그녀가 내민 손을 잡고 안수했다. 가늘고 섬세하지만, 검을 쥐는 건지 피부가 두껍고 단단한 손이었다. 하지만 따뜻하다.

'……다행이다. 좋은 사람 같아.'

빈정거림이나 악의가 담긴 목소리는 숨기려고 해도 묻어나오기 마련이다.

그녀에게서는 적어도 불쾌한 느낌이 없었다. 나쁜 사람이 아닌 건 확실하다. 가능하다면 잘 지내고 싶다.

"진노우치. 네게는 미요의 호위를 부탁하고 싶다."

키요카의 말에 카오루코는 표정을 가다듬고 고개를 끄덕였다.

"네."

"알고 있겠지만, 미요를 호위한다는 건 유사시엔 가장 먼저 이능심교의 이능력자 및 우스이와 대치하는 게 된다. 다른 사람보다 위험하지."

"문제없습니다. 받아들이겠습니다."

"미안하다. 고도 대신 와 달라고 했는데……."

"괜찮습니다. 호위라면 이성보다는 동성이 여러모로 편리할 테니까요. 게다가 대장님과 제 사이잖아요."

미요는 카오루코의 의미심장한 발언이 마음에 걸렸다.

키요카와 카오루코의 사이.

상사와 부하, 혹은 동료 외에도 무언가가 있는 걸까. 카오루코는 옛 수도의 인간이니 특별한 무언가가 아니라면 나오지 않을 법한 표현 같다.

무슨 의미인지 알고 싶기도 하고, 알고 싶지 않기도 하고.

'다, 답답한 걸 쌓아두는 건 싫어!'

미요는 과감하게 물어보기로 했다.

"저기, 두 분은…… 어떤 사이이신가요?"

"네? 아. 사실 저 옛날에 쿠도 님의 약혼자 후보였거든요."

"네?"

카오루코의 아름다운 미소에 시선이 못 박혔다. 충격으로 말이 나오지 않는다.

키요카에게 약혼자 후보가 많이 있었다는 건 당연히 안다. 그리고 그 여성들은 누구 한 명 키요카의 곁에 남지 않았다는 것도.

다만 실제로 만난 건 처음이기 때문에 완전히 예상 밖이었다.

"이봐. 옛날 일을 끄집어내지 마."

"아, 죄송합니다. 좋은 이야기는 아니죠. 신경 쓰지 마세요."

"너는 정말."

"정말로 죄송합니다! 더는 말하지 않겠습니다."

"…………."

미요는 대답하기 난처해서 입을 다물 수밖에 없었다.

신경 쓰지 말라고 해도, 한번 들어버린 이상 신경 쓰일 수밖에 없다. 만약 카오루코와 키요카의 약혼이 성립했다면 미요에게 기회가 넘어올 일은 없었을 것이다.

게다가 두 사람은 지금도 꽤 친해 보였다. 어쩌면——.

'무슨 바보 같은 생각을 하는 거야.'

키요카는 지금 자신과 약혼했다. 자신을 소중히 아껴주고 있고, 그는 성실한 사람이다. 카오루코의 존재로 어떠한 영향을 받을 리가 없는데. 그렇게 믿고 있는데.

"부족하지만 열심히 호위할 테니 잘 부탁드립니다. 미요 씨."

"네. ……저야말로."

카오루코에게 미소를 돌려주면서도 미요의 마음은 개

운해지지 못했다.

　회의 시각이 가까워지자 세 사람은 회의실로 이동했다.
　미요의 머릿속에서는 '약혼자 후보'라는 단어가 계속 남아있어, 그때까지 나눈 대화의 내용은 잘 기억나지 않는다.
　'안 돼. 잊어야 해.'
　회의에 불린 이상 미요도 의견이나 증언을 해야 하는 상황이 있을지도 모른다. 넋을 놓고 듣지 않았다고 한다면 인상이 바닥을 찍을 것이다.
　회의실에 들어가자 아직 사람이 몇 없었다.
　"미요. 네 자리는 여기다."
　지정된 자리는 키요카가 앉는 가장 안쪽 자리의 바로 옆이었다.
　오늘은 그 우스이와의 해후 이후로 처음 하는 본격적인 회의이다. 미요가 참가하는 이유는 당사자이자 우스이와 접촉한 자로서 앞으로 방침을 파악해두기 위해서라고 한다.
　본래대로라면 당사자라고 해도 외부인이 이렇게까지 깊이 관여하진 않는다.
　하지만 이번에 우스이는 미요에게 다시 접촉하겠다고

분명히 예고했다. 그렇다면 미요가 아무것도 모르는 게 오히려 위험하다고 판단한 모양이다.

"네. 감사합니다."

조용히 마련해준 자리에 앉았다.

집에서 나왔을 때는 기합이 들어갔었지만, 막상 여기까지 오자 오면 안 되는 곳에 있는 느낌이 들어서 불편했다.

게다가 조금 전에 받은 충격이 아직 남아있다. 방심하면 조금 떨어진 자리에 앉은 카오루코를 뚫어지게 쳐다보며 나쁜 상상을 반복하게 될 것 같다.

'정신 차리자.'

두 사람의 과거는 신경 쓰이지만, 대장인 키요카의 약혼자로서 그의 직장에서 그의 부하들에게 꼴사나운 모습을 보여줄 수는 없다.

가시방석에 앉은 기분으로 기다리고 있었더니 하나둘씩 회의 참가자가 들어왔다.

이번 회의에 참가할 수 있는 건 대이특무소대 내에서 반장 이상의 지위를 지닌 자로 한정된다. 즉, 실력주의인 대이특무소대의 맹자(猛者)들이다. 한눈에 봐도 강해 보이는 남성도 있고, 젊고 평범해 보이는 청년도 있었다.

하지만 여성인 데다가 홀로 군복을 입은 카오루코만큼

이채를 띠는 사람은 없었다.

"다들 수고가 많군."

마지막으로 회의실에 들어온 사람은 소대의 총책임자인 오오카이토였다. 전원 자리에서 일어나 머리를 숙였다.

"편히 앉도록 해."

그의 말을 따라 다들 착석하자 회의가 시작되었다.

아직 자리가 하나 비어있다. 아라타가 우스바 가문의 대표로 온다고 들었는데, 시각이 되어도 도착하지 않았다.

'걱정되지만, 나는 발언할 수 있는 입장이 아니야.'

오는 도중에 사고를 당했거나 다치지 않았다면 좋겠는데. 그런 생각을 하고 있었더니 미요의 앞에도 회의 자료가 놓였다.

'어, 어려워.'

가볍게 훑어보았으나, 전문용어도 많아 반도 이해할 수 없었다. 이야기를 들어도 모른다면 나중에 키요카에게 직접 물어봐야 할 것이다.

자료가 전부 배부되고 한차례 의제와 진행 예정을 확인하자 키요카가 입을 열었다.

"이번 이능신교를 상대함에 따라 인원보충을 위해 옛

수도의 대이특무 제2소대에서 한 명, 대원을 빌리기로 했다. 소개하지. ──진노우치."

"네!"

카오루코의 밝고 맑은 목소리가 울렸다. 참가자들의 시선이 자리에서 일어난 그녀에게 집중되었다.

"진노우치 카오루코. 여기에 있는 자는 대부분 알 테지만, 그녀는 몇 년 전까지는 여기 소속이었다."

카오루코는 등을 곧게 펴고 인사했다.

"진노우치 카오루코입니다. 제도에 대해 아는 자가 좋을 것이라는 제2소대 대장님의 판단으로 제가 오게 되었습니다. 고도 씨의 몫까지 최선을 다하도록 하겠습니다. 잘 부탁드립니다!"

소개를 듣고 이해했다.

이전에는 제도에 있었다면 함께 일한 적도 있을 테니 키요카와 그녀가 친하게 지냈어도 이상하지 않다.

다만 이해는 할 수 있어도 수긍하긴 어려웠다. 특별히 사이가 좋아 보이는 이유는 '약혼자 후보였기 때문'이 아니라, '같은 직장이었으니까'라고 믿고 싶은 자신이 있다.

'아니야. 애초에 낭군님께서 누구와 친하게 지낸들 자유잖아.'

카오루코의 존재에 공연히 쌍심지를 켜는 건 좋지 않

다. 내리막길이던 사고를 털어내듯 무겁게 숨을 내쉬었다.

그나저나 고도가 빠진 구멍은 크다고 들었다. 미요는 그의 역량을 제대로 파악하고 있는 건 아니나, 키요카의 부관으로 일했으니 어중간한 실력은 아닐 터이다.

그 구멍을 메우기 위해 불려온 카오루코는 분명 비슷하게 우수할 터.

부럽지 않다면 거짓말이다.

"진노우치에게 맡기는 임무에 대해서는 추후 다시금 확인한다. 다음으로——."

카오루코가 다시 자리에 앉고 회의는 다음 내용으로 넘어갔다.

이능심교에 의한 거점 폭파와, 그 피해 상황. 군대로서, 대이특무소대로서 앞으로의 방침. 의제는 끝이 없다.

잠시 후, 마침내 화제가 우스이와 그 부하로 넘어갔다. 보고한 이는 30살 전후 정도로 보이는, 무카데야마라는 이름의 반장이다.

"대장님께서 일전을 치렀다고 하신 상대를 조사한 후 결과를 자료에 게재하였습니다."

"……호쬬 가의 인물인가. 하지만 현재 소재가 불분명한 이능력자는 없을 텐데."

미요는 자신이 받은 자료로 시선을 내렸다.

이능력자는 큰 힘을 지녔기 때문에 그 위치는 늘 국가가 관리하고 있다. 범죄에 손을 대는 이능력자가 나오면 큰일이 일어나기 전에 처리해왔다.

그런데 별장 체류 중에 일어난 사건에서 키요카와 대치한 호죠라는 이능력자는 국가의 감시를 빠져나가 이능심교의 일원으로서 그 꿍꿍이에 가담했다. 본래대로라면 있을 수 없는 사태다.

무카데야마 반장은 키요카의 질문에 대답하며 보고를 이어갔다.

"그게 아무래도…… 기묘합니다. 국가의 해당 기관이 감시를 태만히 한 흔적은 없었습니다. 하지만 어째서인지 이미 호죠의 족적은 끊어진 지 오래입니다. 그리고 그걸 누구도 의문으로 여기지 않았습니다."

이 말에는 그 자리에 있는 전원이 고개를 갸웃거릴 수밖에 없었다.

감시했는데도 흔적을 놓치고도 의문을 느끼지 않는다니.

"무슨 의미지?"

"물어보셔도 대답할 말씀이 없습니다. 보고드린 그대로입니다."

"흐음……."

미간을 찌푸리며 무거운 한숨을 쉰 사람은 오오카이토다.

키요카 또한 애매모호한 보고에 심각한 표정을 지었고, 다른 사람들도 비슷한 반응이다.

"우스이의 이능은── 우스바와 같은 계통의 이능이라고 생각하는 게 타당하겠지. ……명백하게 인간의 정신이나 뇌에 간섭한 거다."

미요는 퍼뜩 고개를 들어 제 약혼자를 보았다.

우스이의 이능이 어떤 것인지 아직 파악하지 못했다. 아니, 그걸 확인하기 위해 이 자리에 부름을 받았을 아라타가 아직 오지 않았다.

"츠루키, 아니, 우스바 아라타가 있다면 이야기가 빨라질 텐데. 그는?"

오오카이토가 눈썹을 찡그리며 묻자 실내의 공기가 웅성웅성 흔들렸다.

작은 목소리로 타카이히토 님의 명령이라고는 하나 우스바와 협력이라니, 우스바는 믿을 수 없다 하는 속삭임이 미요의 귀까지 들렸다.

우스바 가문이 표면상 츠루키라는 이름을 대고 있다는 건 이제는 공공연한 비밀이다. 여름에 황제가 앞무대에서 내려왔을 때, 타카이히토 황자의 의향으로 국가기밀 취급이 아니게 되었기 때문이다.

나라 전체로 보면 아직 소수일 테지만, 이능력자 사이에서는 이미 아는 자가 더 많다. 단, 우스바 가와 다른 이능을 계승하는 가문은 같지 않다.

이능력자를 대상으로 한다는 우스바가의 이질적인 성격상, 아무래도 편견이나 차별이 생긴다.

빛 아래로 나온 것까지는 좋지만 우스바가는 이능력자들에게 경원시 되고 있다. 이게 현재 상황이었다.

"오지 않는다면 이쪽에서 연락할 수밖에 없군."

"──죄송합니다, 늦어졌습니다."

키요카가 한숨을 쉬면서 말한 것과 동시에, 마치 노리기라도 한 듯 회의실의 문이 열리고 아라타가 나타났다.

"늦었군."

"죄송합니다. 저희 쪽도 이래저래 바빠서요. 일손이 부족한지라."

"바쁜 건 이해한다만 시간은 엄수하도록. 빨리 앉아."

아라타는 흐트러진 호흡을 고르면서 유일하게 비어있던 키요카 근처의 자리에 앉았다.

이동하는 동안 수군수군 오가는, 우스바가의 험담으로도 들을 수 있는 악의 어린 말도 들었을 테지만 산뜻한 표정이 무너지는 일은 없었다.

미요가 힐끗 시선을 보내자 사촌오빠는 작은 미소를 돌려주었다.

"그래서, 늦어진 이상 성과는 있을 테지?"

"네, 그렇죠. 우스이의 이능에 대해 확인했습니다."

웅성거리던 실내가 아라타의 한마디에 쥐죽은 듯 고요해졌다.

조금 전에는 그렇게 우스바에 의심의 시선을 보내고 있었는데, 다들 아라타의 보고를 놓치지 않겠다며 귀를 기울이는 모양이었다.

회의장을 일별한 뒤 아라타는 어깨를 으쓱했다.

"하지만 솔직히, 어떤 이능인지 알아봤자 어떻게 대처할 수 있을 것 같진 않네요. 너무 위험해서 그 남자에게만은 가지 말았어야 하는 힘입니다."

정적 속에 보이지 않는 긴장감이 퍼졌다.

"우스이 나오시—— 놈의 이능은 인간의 감각을 일그러트립니다. 시각, 청각, 미각, 후각, 촉각…… 우리가 오감으로 받아들이고 뇌로 처리하는 모든 정보를 조작할 수 있습니다."

"말도 안 돼!"

반장 중 한 명이 탁자를 내리치며 언성을 높였다. 그리고 그것을 포문으로 잇달아 믿을 수 없다, 인간의 영역을 초월했다는 목소리가 터져 나왔다.

시끌시끌한 참가자들을 아라타는 싸늘한 눈으로, 키요카는 눈썹을 찡그리고, 오오카이토는 생각에 잠긴 얼굴로 바라보고 있었다.

'감각을 일그러트린다……?'

말만 들으면 상상하기 어렵지만, 실제로 경험한 미요는 탄식했다.

역 안에서 그렇게 소란을 피웠는데 주변 사람 중 누구도 관심을 주지 않았다. 또, 눈치채지 못하는 사이에 우스이는 그 모습을 없애서나 나타내거나 하는 것처럼 보였다. 호죠가의 이능력자가 감시의 눈을 속인 것도 그 힘으로 전부 설명할 수 있다.

역시 그때의 현상은 결계가 아니라 이능으로 만들어낸 것이었다.

——어쩜 이렇게 무시무시한 능력일까.

아라타가 지극히 냉정하게 재차 입을 열었다.

"소란을 부려봤자 소용없습니다. 그 남자는 마음만 먹는다면 지금 여기에, 누구에게도 들키지 않고 숨어드는 것조차 어렵지 않으니까요. 누군가 다른 인간의 모습으로 변신하는 것도 가능하겠죠."

누군가가 숨을 삼키는 소리가 들렸다.

상상만으로도 몸이 부르르 떨린다. 우스이와 대치하면 자신의 오감으로 얻는 정보를 전부 믿을 수 없게 된다는 말과 같은 소리이니까.

"물론 그런 힘을 아무런 제약도 없이 사용할 수 있을 리는 없습니다. 추측이지만, 하루에 사용할 수 있는 회수가 정해져 있겠죠. 그리고 사용할 수 있는 범위도."

"그렇다고 해도 그 제약이 얼마나 약점이 될 수 있을지. 이능력자가 아닌 내가 의견을 낼 일도 아니겠지만 우스이와…… 이능심교와의 싸움은 틀림없이 가혹해질 거다."

오오카이토의 중얼거림에 일동은 침묵했고, 키요카가 대답했다.

"소장님의 말씀대로입니다. 약점을 알고 대비할 필요는 있죠. 단, 그러기 위해서 우선 그 이능심교 및 우스이 나오시의 목적을 살펴야 합니다."

"흠, 맞는 말이야. 키요카, 너는 실제로 호죠와 대치하여 그 목적이라는 걸 들었다고 했지?"

"네."

키요카는 별장에 갔을 때 일어난 사건의 개요를 설명했다.

이미 정보는 부대 내에서 공유하고 있다고 하나, 이능심교의 목적에 중점을 두고 다시금 보고하는 내용에 전원이 진지한 표정으로 귀를 기울였다.

"이형의 일부를 인간에게 넣어서 이능을 각성하게 한다……. 이것이 실제로 가능한지는 아직 확인하지 못했다."

키요카는 담담하게 설명을 이어갔다.

애초에 이형은 대부분 실체가 있지만 없는 존재다. 이능력자라면 흔히 보고 만질 수 있으나, 일반인은 그렇지 않다.

그럼 그걸 집어넣으려면 어떻게 해야 하는가.

먼저 인간을 포함한 어떠한 생물에 빙의시켜 실체를 갖게 할 필요가 있다.

단, 이능의 실태가 국가기밀에 해당하고 인도적 관점으로 봐도 합법적으로 실증실험을 행하는 것이 어렵다.

따라서 이능심교의 주장이 사실인지 파악하고 앞서나가기 위해서는 앞으로도 지극히 어렵다.

"대장님, 발언 괜찮겠습니까?"

"그래."

손을 든 무카데야마 반장을 보며 키요카가 고개를 끄덕였다.

"만약 정말로 일반인을 이능력자로 만들 수 있다고 가정한다면, 어떻게 해야 합니까? 대장님의 보고에 따르면 이능심교의 조사—— 우스이는 신세계를 만들고 그 세계의 왕이 될 생각이라는 의미로 들립니다. 그렇다면 일반인에게 능력을 부여하지 않고, 이능력자로서 힘을 과시하는 게 더 빠르다고 봅니다."

그의 의견은 타당하다. 이능력자는 인간이고 신이 될 수 없으나, 그래도 온갖 방면으로 범인을 앞서나가는 존재이다.

이능을 행사할 수 있다는 것은 당연하고, 기본적으로 신체가 튼튼하며 부상이나 병에 강하다. 신체 능력도 뛰어나며 평범한 인간과 비교해 우위에 선다. 더해서 우스바의 능력은 그 이능력자들마저 뛰어넘는다.

미요도 이 점에 대해서는 아라타나 키요카의 누나인 하즈키의 지도를 받아 지식을 획득했다.

"그만큼 자신의 힘, 우스바의 이능에 자신감이 있다는 거겠지. 통상적인 이능력자보다 한층 뛰어난 존재로서 자부심이라고 해야 할까. 그리고."

키요카의 시선이 미요 쪽으로 향한다. 이어서 회의에 참가한 자들의 시선이 일제히 쏟아지자 긴장해서 몸이 뻣뻣해졌다.

"우스이의 행동 원리가 그렇다면, '몽견의 힘'을 원한다는 건 틀림없다."

"'몽견의 힘'은 우스바의 모든 것이라고 해도 과언이 아닙니다. 친족 중에는 신처럼 받드는 자도 있습니다. 그것은 분가인 우스이에서도 마찬가지일 테죠."

키요카의 말을 아라타가 이어받고, 다시 키요카가 이어갔다.

"놈은 반드시 '몽견의 힘'을 지닌 이능력자, 여기에 있는 사이모리 미요를 노릴 거다. 이쪽에서 무언가를 시도할 필요는 없어. 완벽한 수비태세를 갖추고 맞받아치는 게 우리의 일이다. 따라서 앞으로 우리 부대는 그녀의 보호를 중심으로 두고 이능심교와 대치하게 된다."

"대장님. 보호라고 말씀하셨는데, 구체적으로는 어떤 보호입니까?"

"흠. 키요카, 네 자택이어도 안전할 텐데……."

반장 중 누군가가 던진 질문을 받아 오오카이토가 턱을 쓰다듬으며 생각에 잠긴 표정을 지었다.

"상대는 강적이다. 설령 실력이 뛰어난 호위를 붙인다고 한들 시간을 끄는 게 고작일 테지. 무슨 일이 있을 때 바로 네가 달려올 수 없다면 소용없지 않겠어?"

"그녀는 내일부터 저와 같이 이곳에 오기로 했습니다."

오오카이토의 의견은 키요카에게 상정했던 사안인 모양이다. 미리 들었던 내용대로 대화가 흘러갔다.

아라타는 어깨를 으쓱하며 끼어들었다.

"낮에도 소령님 근처에 있을 수 있다면 이보다 더 안심할 수 없겠죠. 저도 호위로 참가할 예정이지만, 우스바의 일도 있으니 내내 곁에 있을 수는 없으니까요."

"너는 그래도 상관없나?"

오오카이토의 질문에 미요는 고개를 들었다.

조금 전, 집무실에서 키요카에게 이야기를 들었을 때부터 생각했다.

외부인인 미요를 군대 시설에 머무르게 할 수 있는지에 대한 의문은 지금은 고려하지 않기로 하고, 키요카의 일을 방해하진 않을지를 걱정했다.

"솔직하게 어떻게 하고 싶은지 말하도록 해. 네가 여기에 있다고 일에 지장이 발생하는지 아닌지는 문제가 아니다. 이렇게 된 이상 너를 지키는 것보다 중요한 일은 없으니까."

마음을 읽은 것 같은 키요카의 말에 용기를 얻은 미요는 고개를 끄덕였다.

"네. 여기에 있어도 된다고 허락해주신다면 저도…… 안심할 수 있습니다."

"정해졌군."

그 말을 끝으로 오오카이토가 일어났다.

"그럼 우스이 나오시의 표적으로 추정되는 사이모리 미요는 오늘부터 대이특무소대에서 보호한다. 상부의 허가는 내가 받지. 무언가 이견이 있는 사람?"

상사의 질문에 대답하는 이는 없었다. 그러자 잠시 후 '없습니다.' 하고 중얼거리는 목소리가 여기저기서 들렸다.

"그럼 각자 이능심교와의 전투를 대비하며 해야 할 일을 하도록. 해산."

◇ ◇ ◇

아라타는 대이특무소대의 주둔소에서 나온 뒤 빠른 걸음으로 제도의 시가지를 걸어갔다.

'이대로는 절대 우스이에게 이길 수 없어.'

자연스럽게 얼굴이 험악해졌다.

우스바 가에서 우스이의 힘을 조사하고 확신했다. 우스이 나오시는 강하다. 아라타보다 훨씬.

우스이 가는 분가임에도 불구하고 우스이 나오시는 물론이고 우스바 스미도 비롯해, 현재 우스바 가의 이능력자보다 수가 많으며 우수했다.

우스바의 이능력자를 막을 수 있는 건 우스바의 이능력자밖에 없다. 하지만 현재, 우스이를 막을 수 있는 자 우스바 본가에는 없다. 아라타라고 해도 상대가 되지 않는다.

어쩌면 우스바 가의 인물이 아니어도 키요카 정도로 뛰어난 이능과 전투기술이 있다면 맞설 수 있을 테지만, 그런 이능력자는 거의 존재하지 않는다. 더불어 저쪽에는 호죠를 비롯해 몇 명의 이능력자가 우스이를 따르고 있는지도 불확실하다.

이대로 싸워봤자 확실하게 이쪽이 진다.

'……그건 우스바의, 혈족의 수치야.'

우스이 나오시의 이름을 들은 뒤로 계속 생각했다. 모든 책임은 우스바에 있다고.

위험인물을 더 일찍 처리하지 않았던 죄. 일족에서 이탈한 자를 끝까지 쫓지 못한 죄.

변명할 수 없다. 규정으로 자신들을 규제하며 살아왔다며 거창하게 호언해놓고, 그 남자는 없었던 존재처럼 우스바가의 모두가 잊으려 했다. 그 결과가 이것이다.

'최악의 경우라도 미요만 무사하다면 우스바 가는 지킬 수 있어.'

우스이가 미요를 노리듯, 아라타는 미요를 반드시 지켜야만 한다. 그러기 위해 그녀의 곁에서 떨어지게 된다고 해도.

차가운 바람이 불었다. 아라타는 그 자리에 멈춰서서 눈꺼풀을 감았다.

분명 할아버지인 요시로는 아라타에겐 우스이를 방치한 책임이 없다고 말할 것이다. 미래의 우스바를 짊어질 아라타에게 과거의 일을 어떻게 할 힘은 없었다.

그래도 당대의 몽견의 무녀를 지키는 자로서…… 무엇과 맞바꾼다 한들 해야만 하는 일이 있다.

──설령 동귀어진이 된다고 해도 우스이는 이 손으로.

눈을 뜨고 자신의 손바닥을 내려다보았다.

반드시 이능심교의, 그리고 우스이의 약점이든 뭐든 찾아내서 쓰러트린다. 아무런 우환도 없이, 당당한 우스바가를 남겨줄 수 있도록.

그것이야말로 아라타가 여태까지 우스바가의 이능력자로서 살아온 의미인 건지도 모른다.

"조금, 화가 나지만요."

미요는 키요카에게 맡기면 위험하지 않다. 당분간 떨어져 있어도 괜찮다.

그동안 자신은 우스이를 쓰러트릴 방법을 찾으면 된다.

그리고 최대한 빨리 처리한다.

　아라타는 하얀 입김을 뱉으며, 앞을 똑바로 바라보면서
겨울의 거리를 걸어갔다.

2장 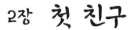 첫 친구

오랜만에 꿈을 꿨다.

미요는 어느새 처음 보는 고풍스러운 목조 가옥 앞에 서 있었다.

『나오시. 또 싸웠다면서?』

따스한 햇볕으로 가득한 정원에 젊은 여자의 목소리가 울렸다.

그것은 미요도 들어본 적이 있는 목소리였다. ——어머니, 사이모리 스미의 목소리다.

하지만 기억 속에 있는 그것보다 다소 활발하고 밝다. 아마도 어머니가 사이모리가에 시집오기 전의 일을 꿈으로 보고 있다고 예상할 수 있었다.

시선을 굴리자 짙푸른 나무 그늘 밑에 젊은 남자가 서 있었다. 어깨를 웅크리고 웃는 게 보였다.

『상대방이 먼저 손을 댔는걸. 정당방위야.』

『거짓말. 그렇다면 왜 너는 찰과상 하나 없으면서 상대방은 입원했는데?』

툇마루에서 남자를 내려다보며, 허리에 손을 짚고 추궁하는 사람은 예상했던 대로 소녀 시절의 어머니였다.

다만 그 모습은 이전에 미요의 꿈에 등장했던 그녀와는 인상이 달랐다.

아름다운 검은 머리카락을 나부끼며 뺨을 부풀리는 모습. 10대로 보이는 그녀는 생명력이 넘쳐흘렀다.

사이모리가의 꿈에서는 늘 덧없고 서글픈 표정만을 지었는데.

『스미에겐 못 당하겠다니까. 하지만 정말로 상대방이 먼저 시비를 걸었고, 먼저 손을 댔어.』

『……그런 걸 과잉방어라고 하는 거야. 들어봤어?』

『하하하. 글쎄.』

웃는 얼굴로 얼버무리는 그 청년도 본 적이 있다. 얼마 전, 이 남자로 인에 무시무시한 경험을 했다.

우스이 나오시.

셔츠 위에 기모노를 걸치고 하카마를 입은 서생 같은 옷차림이지만, 동그란 안경과 그 너머에서 이글거리는 험악한 빛은 지금과 다르지 않았다.

'아니, 지금보다는…… 조금 덜 무서워.'

미요는 며칠 전에 만난 우스이의 얼굴과 바로 앞, 정원에 서 있는 청년을 겹쳐보았다.

툇마루에 서 있는 스미를 올려다보는 남자의 눈은 어딘가 온화하고 애틋하다는 듯 가늘게 휘어져 있었다.

『얼버무리지 마. 폭력은 좋지 않다고 누누이 말했잖아?』

『아니, 욱해서 그만. 다음부터는 조심할게. 상대방을 병원에 보내지 않도록.』

『잠깐. 나는 힘 조절을 하라는 게 아니라 폭력을 그만두라고 말하는 거야. 이해했어?』

『이해했어. 이해했고 말고요, 공주님.』

『정말이지. 농담만 하고.』

스미는 한숨을 쉬면서 '어쩔 수 없다니까'라고 말을 잇더니 난처한 듯 쿡쿡 웃었다.

두 사람 사이에는 평화로운 분위기가 흘렀다. 그것은 마치 평범한 또래 남녀의 대화로밖에 보이지 않았다.

먼 과거. 포근하고 따뜻하고, 물거품과도 같은 기억.

여기에는 어디에나 있는, 흔한 젊은이들의 일상 풍경만이 있다. 눈물이 나올 정도로.

우스이가 스미를 위하고 스미도 그를 위한다는 게 뚜렷하게 전해졌다.

왜 몽견의 힘이 미요에게 이런 기억을 보여주는 걸까. 힘이 폭주하는 것도 아닐 테니, 미요 본인이 마음속 어딘 가에서 과거를 알고 싶다고 바랐던 건지도 모른다.

'——두 사람은 연인이었던 거야?'

물어봐도 대답해줄 사람은 없다. 진실을 추측하려 하면 무서운 가능성만이 뇌리를 스쳐 지나간다.

만약 정말로 미요의 친아버지가 우스이라면.

만약 어머니와 우스이가 연인이었지만 정략결혼 때문 에 찢어진 것이라면.

'나는 어떻게 해야 하지.'

우스이가 저지른 죄를 딸로서 갚아야만 하는 걸까. 아 니면 어머니를 대신해 사이모리가에 지금까지 속여서 죄 송하다고 사과해야 하는 걸까.

둘 다 하고 싶지 않다면 미요 본인의 죄가 되어버리는 걸까.

답답함이 흘러넘쳤다. 미요는 두 손으로 자신의 얼굴을 덮었다.

『안심해, 스미. 내가 너를, 네가 소중히 여기는 것을 쭉 지킬 테니까. ……네가 곁에 있어 준다면.』

얼마 전에 들은 것과는 비교도 되지 않을 만큼 다정한 우스이의 목소리를 끝으로 꿈이 끝났다.

회의 다음 날.

오늘부터는 미요도 대이특무소대의 주둔소에서 일과시간을 보낸다.

구체적으로는 아침에 키요카와 함께 집에서 나와 저녁에 함께 귀가하는 생활이다. 미요의 안전을 확보하는 것이 주된 목적이기 때문에, 카오루코가 경호로 붙는다고는 하나 미요의 행동 범위는 지극히 좁아진다.

즉 종일 키요카와 함께 행동하는 셈인데. 이것이.

'미, 민망해.'

여느 때처럼 집에서 아침을 먹고 나와 주둔소에 도착할 때까지는 괜찮았다.

하지만 카오루코와 합류하여 둘이 함께 키요카의 집무실 소파에서 시간을 보내려니 할 일이 없었다.

책상 쪽을 보자 키요카는 진지한 표정으로 서류를 보고 있다.

성실하게 일하는 약혼자 옆에서 그저 앉은 채로 일이 끝나는 시각을 기다리는 건 민망하고 불편했다.

'하지만 내가 마음대로 움직일 수는 없으니까.'

돕고 싶다고 해도 그렇게 간단한 일이 아니다. 미요는

애초에 외부인인 데다 보호받는 신세. 마음대로 움직이면 폐가 된다.

"아, 저는 차라도 타오겠습니다."

카오루코가 생글생글 웃으면서 손을 들고 선언한 뒤 방에서 나갔다.

그거라면 자기가 하겠다고 미요도 나서고 싶었지만, 장소도 아무것도 모른다. 익숙해 보이는 카오루코가 부러웠다.

아무런 도움도 되지 못하고 그저 보호받기만, 멍하니 앉아있기만 하는 건 우울했다.

'스스로가 한심해…….'

미요가 끙끙 고민하는 사이에 쟁반을 든 카오루코가 재빠르게 돌아왔다.

"기다리셨습니다~."

그녀는 곧바로 키요카에게 가서 책상에 컵을 내려놓았다.

"대장님, 커피 좋아하셨죠?"

"……그래, 고맙다. 용케 기억하고 있군."

순간 살짝 눈썹을 찌푸렸다가 입매를 누그러트리는 키요카. 그는 일하는 중에 그런 표정을 짓는 건가. 미요는 조금 놀랐다.

카오루코도 기뻐 보였다.

"아니에요. 대장님에 대해서는 뭐든 기억하고 있습니다."

"너 말이다……."

장난치듯 씩 웃는 카오루코는 사랑스럽다. 상사를 놀리는 건 좋은 일이 아닐 테지만, 미요의 눈에는 키요카도 썩 싫지만은 않아 보였다.

'두 사람은 정말 사이가 좋구나.'

잘 생각해 보면 미요는 일할 때의 키요카에 대해선 아무것도 모른다.

그가 커피를 마신다는 것도 몰랐다. 집에서는 녹차만 마시고, 커피 같은 최신 유행은 미요가 타지 못하기 때문이다.

봄에 그를 만난 뒤로 아직 1년도 지나지 않았다.

분명 미요보다는 같이 일했던 카오루코 쪽이 키요카에 대해 많이 알고 있을 것이다.

본래 결혼이란 그런 것이다. 다들 잘 모르는 상대와 맞선을 보고 맺어진다. 그렇게 결혼생활을 보내는 사이에 서로를 알아간다.

머리로는 알고 있어도 적나라하게 보인 차이에 가슴이 답답해졌다.

"미요 씨, 여기요."

"아, 감사합니다."

조금 어두워진 감정을 숨기듯이 웃으면서 카오루코에게서 찻잔을 받았다.

안 된다. 카오루코는 우호적으로 대해주는데, 미요가 어두운 표정을 지어서 분위기를 나쁘게 만들 수는 없다.

키요카도 카오루코를 신뢰하기에 미요의 호위로 정했을 것이 틀림없다. 그리고 그것은 무엇보다 미요를 위한 선택이다.

불만을 느낄 요소는 전혀 없다.

'내가 할 수 있는 일을 찾아야겠어.'

군대와 관련된 일은 하지 못한다고 해도, 다른 잡일이라면 미요도 무언가 할 수 있을 터이다. 차를 내오는 것이든, 어깨를 주무르는 것이든. 이 주둔소에서 밖으로 나가지 않는다면 지켜보는 사람들도 있고 키요카도 바로 달려올 수 있을 테니 안전할 것이다. ……아마도.

마음속으로 기합을 다시 넣은 미요는 찻잔을 비운 뒤 일어났다.

"저, 저기. 낭군님."

"왜 그러지?"

책상에서 눈을 떼지 않고 대답하는 키요카의 반응에도

굴하지 않고 미요는 말을 이었다.

"제게 일거리를 주세요."

의아해서 고개를 든 키요카의 눈을 빤히 바라보았다. 그러자 그는 한숨을 쉬더니 들고 있던 만년필을 내려놓았다.

"안 돼."

"어, 어째서죠?"

"위험하니까."

"하지만."

"하지만이고 뭐고. 지금 이 순간에도 우스이는 너를 노리고 있을지도 모르잖아."

강한 어조는 아니지만, 이런 말을 들으면 반박할 수가 없다.

경비와 관련된 사정은 미요는 하나도 알지 못하니 그쪽 방면의 전문가인 군인, 즉 키요카의 지시를 따를 수밖에 없기 때문이다.

그러나 이대로 물러나면 그저 장식품처럼 여기에 놓여 있게 된다.

"저, 절대로 안 되는 건가요?"

"너는 정말 일벌레로군. 평소에는 지나칠 정도로 열심히 하니까, 지금 정도는 편히 쉬어도 될 것을."

"펴, 편히."

이토록 곤란한 말도 없다.

그냥 편하게 쉰다는 건 미요에게는 계속 일하는 것보다 훨씬 어려웠다.

"며칠 전 별장에 갔을 때도 내내 일했잖아."

"그건 그거, 이건 이거라고 보는데요……."

"너는 요새 정말로 내 말을 안 듣는군."

눈썹을 찌푸리며 토라진 태도를 보이는 키요카를 보니 미요의 온 힘을 다한 반론도 기세를 잃어버렸다.

딱히 일하고 싶은 건 아니다.

지금까지 미요의 인생에는 '한가함'이라는 개념이 존재하지 않았다. 그래서 갑자기 자유롭게 쉬라는 말을 들어도 난감할 뿐이다.

아무것도 하지 않고 가만히 있을 바에야 일하는 게 몇 배는 더 낫다. 게다가.

"하지만 저도 무언가를 하고 싶습니다. 저도 우스바의 피를 이어받은 인간이니까요."

우스이가 아버지일지도 모르기 때문이라거나, 우스이 본인이 어떻다는 게 아니고.

우스바가에는—— 할아버지인 요시로나 아라타에게는 가족으로서 인정받았다. 따라서 마찬가지로 우스바의 일족인 우스이도 못 본 척할 수 없다.

미요에게도 혈족으로서 짊어져야 할 책임은 있을 테고, 있길 바라기 때문이다.

"그렇지만."

"뭐 어떻습니까, 대장님. 미요 씨는 제가 잘 지킬 테니까요!"

가슴으로 주먹을 툭 두드리며 카오루코가 늠름하게 선언했다.

"진노우치 씨."

같은 군인인 그녀가 편을 들어준다면 분명 키요카도 허락해줄 것이다. 그런 안도와도 같은 감정이 떠올랐지만 안이했다.

"진노우치, 너는 너무 가볍게 생각해. 상대는 그 우스이 나오시라고. 아무리 실력이 좋든 놈에게는 상관없다. 방심하면 순식간에 목숨을 빼앗기겠지."

키요카는 날카롭게 노려보듯 눈을 가늘게 좁혔으나, 카오루코도 질세라 마주 노려보았다.

"가볍게 생각한 적 없습니다. 다만 호위대상에게 무작정 참으라고 하면서 보호했다고 할 수는 없지 않을까요? 적어도 저에게 호위 임무란 그런 게 아닙니다."

"……상당히 건방진 소리를 하는군."

"이래 봬도 저는 옛 수도에서는 실력이 대단한 군인이 거든요. 매일 강제로라도 단련하고 있고요."

"부탁드립니다, 낭군님. 폐를 끼치지는 않겠습니다. 진 노우치 씨의 말도 잘 듣고, 주둔소에서 나가지도 않겠습니다. 그러니까."

미요가 거듭 호소하자 키요카는 기가 막힌 듯 다시 한숨을 쉬었다.

"하아. 어쩔 수 없군. 하지만 군무(軍務)에 관여하게 할 수는 없다. 정말로 단순한 잡일만을 부탁하게 될 텐데, 괜찮겠어?"

"네. 상관없습니다."

또박또박 돌아온 미요의 대답에 키요카는 고개를 절레절레 내젓고 이마를 짚었다.

그 모습을 보니 괜한 수고를 들이게 했다는 느낌이 절절히 전해졌다. 그리고 아마 실제로도 그럴 것이다.

급격히 의욕이 쭈그러들고 면목이 없어서 취소하고 싶어졌다.

"미요. 또 괜한 생각을 하고 있지?"

"네?"

즉시 마음을 간파당하는 바람에 어깨가 흠칫 튀었다.

미요의 생각이 금방 나쁜 방향으로 데굴데굴 굴러가는

건 이미 습관이나 마찬가지다. 처음부터 비관적인 상상을 해두면 상처도 최소한으로 그친다.

너무 비굴한 사고방식이라는 건 알지만 좀처럼 바뀌지 않았다.

그러나 키요카는 그것마저 이해하고 있다는 듯 미요를 향해 미소 지었다.

"미요."

"네, 넵."

"이래 봬도 약혼자의 어리광 정도는 이뤄줄 능력이 있어. 신경 쓰지 마."

그리 특별할 것도 없는, 사이좋은 약혼자 사이에서라면 분명 흔하게 나올 말.

그런데도 미요는 얼굴에서 불이 나는 것 같았다.

어리광이라는 표현이 부끄러운 것과 키요카의 미소가 자신을 진심으로 사랑스럽다는 듯 바라본다는 걸 알아버렸기에——가 반씩.

그는 이렇게나 포근하게 타인을 대하는 성격이었던가?

아무튼 심장에 좋지 않고 현기증이 날 것 같아 시선을 돌렸다.

"저, 저기, 네. 감사, 합니다……."

얕은 호흡을 반복하며 가까스로 대답한 미요에게 키요

카는 만족스럽다는 듯 긍정했다.

"하지만 일 운운하기 전에, 먼저 이 건물의 내부 구조를 모르면 곤란하겠지. 우선 오늘은 견학하고 오는 게 어때?"

"아, 그거라면 제가 지금부터 호위하면서 안내하겠습니다."

카오루코가 힘차게 나서자 이번에는 선뜻 허가가 나왔다.

"그래. 맡기겠다."

"잘 부탁드립니다, 진노우치 씨."

"맡겨주세요! 성실하게 모시겠습니다."

이렇게 미요는 호위인 카오루코와 함께 주둔소를 돌아보게 되었으나.

집무실에서 나가기도 전에 키요카로부터 집요한 잔소리를 들었다.

"알겠지? 나는 여기서 일할 테니까 무슨 일이 있으면 바로 불러."

"네."

"절대 주둔소 담장 밖으로는 나가지 마. 호위가 붙어있다고 해도 방심하지 말고."

"네."

"저, 저기. 대장님."

"대원에게 무슨 말을 들어도 적당히 넘겨. 인사만 해두면 충분하다. 알았지?"

"네."

"만약 무례한 언동을 하는 자가 있다면 바로 도망쳐서 나에게 보고를——."

"잠깐, 대장님! 적당히 하세요. 안내할 시간이 사라지잖아요."

끝없이 이어지는 키요카의 당부사항에 인내심이 날아가 버린 카오루코가 질린다는 얼굴로 제지했다.

부하에게 방해받은 키요카는 조금 성가시다는 듯한 표정이 되었다.

"진노우치. 이건 필요한 사항이다."

"아뇨, 이미 충분히 전해졌거든요. 미요 씨는 제가 잘 지킬 테니까요."

'그렇죠?' 하고 동의를 구하는 카오루코에게 미요도 고개를 끄덕끄덕 흔들었다.

키요카는 가끔 무척 과보호한다. 우스이의 존재가 위험하다는 건 익히 알고 있고, 걱정해주는 건 기쁘지만 미요도 어린아이가 아니다. 이렇게까지 상세한 당부를 듣지 않아도 괜찮은데 너무 과하다며 조금 불만을 느꼈다.

"……알았다. 아무쪼록 조심해서 다녀오도록."

커다란 손바닥이 미요의 머리를 다정하게 쓰다듬었다.

역시 어린아이로 대하는 것 같았지만, 그만 또 얼굴이 빨개졌다.

"네. 감사합니다, 낭군님."

"그래."

부끄러워서 고개를 들지 못한 채 미요는 카오루코와 함께 집무실을 뒤로했다.

◇ ◇ ◇

약혼자와 부하의 뒷모습을 배웅하며 문이 닫힌 것과 동시에 키요카는 가볍게 숨을 내뱉었다.

'……나는 대체 어떻게 하고 싶은 걸까.'

미요에게는 계속 사랑스러움을 느꼈다.

상처투성이인 그녀를 자신이 지키면서 소중히 아껴나가겠다는, 그 감정은 그녀를 만나고 그녀가 보낸 시간을 알게 된 뒤로부터 변함없이 존재한다.

하지만 그건 처음부터 연애적인 의미의 '사랑'이었던 건 아니다.

'선대의 말을 듣고 알아차리다니, 참으로 꼴사납군.'

사랑이라는 말을 듣고 자각하자 의식하지 않을 수가 없다. 자신의 가슴속에 있는 것을.

의자에 깊게 앉아 불현듯 시선을 책상 위로 떨어트렸다.

미요를 평생 소중히 한다. 그건 처음부터 정해져 있었을 터인데, 지금은 더 많은 것을 원하게 된다.

자신과 같은 마음을 가져달라는 건 바라지 않는다.

그저 상처받지 않도록, 울지 않도록 아끼고 싶다. 위험에 끌어들이고 싶지 않다. 가능하다면 언제든 키요카의 눈이 닿는 범위에서 나가지 않고 떨어지지 않았으면 한다.

"…………."

참으로 위험한 사상이다. 대체 무슨 생각을 하는 건지. 갑자기 수치심이 끓어올라 키요카는 천장을 올려다보았다.

미요는 처음 만났을 때의 모습에서 하루가 다르게 성장하고 있다.

이젠 누가 봐도 어엿한 숙녀이고, 누구 앞에서든 자연스럽게 행동할 수 있다. 그건 그녀 본인이, 그리고 키요카도 바라던 바이다. 하지만.

어디에도 가지 않고 키요카의 곁에서, 지금 이대로 있

어 준다면. 마음속 어딘가에서 그렇게 바라는 자신이 있다. 우스이도 누구도 건드릴 수 없는 장소에 가둬둘 수 있다면 마음이 평안할 텐데.

'시시하긴……. 그저 자신이 편해지고 싶을 뿐인 얄팍한 욕망이다.'

그래도 우스이의 존재에, 말에 두려워하면서도 그것을 필사적으로 감추고 의젓하게 행동하는 그녀를 볼 때마다 어떻게 해야 모든 공포와 슬픔으로부터 지킬 수 있을지 생각한다.

키요카는 고개를 내저으며 잡념을 털어냈다.

아무튼 미요는 변하고 있다. 처음 본 카오루코를 상대로도 잘해나갈 것이고, 아무리 그녀가 약하다고 하나 키요카가 그녀의 자유를 제한할 수는 없다.

그러니 옳은 선택이었다.

'봄이 오기 전에 반드시 우스이를 잡는다.'

미요를 슬프게 하고 싶지 않다면 더욱, 지금은 우스이와 이능심교를 한시라도 빨리 처리해야 한다.

수중의 자료로 시선을 떨어트렸다.

우스이가 미요의 아버지인지 아닌지—— 만약, 정말 미요의 친아버지가 우스이라면 모든 것이 뒤집힐지도 모른다.

조사 결과로 말하자면 우스바 스미의 혼인과 미요가 태어난 시기로 보아 미요의 아버지는 높은 확률로 사이모리 신이치라 할 수 있다. 하지만 절대적인 건 아니다. 우스바 스미가 시집간 뒤에도 우스이를 만났을 가능성이 전혀 없다고 단언하지 못하기 때문이다.

우스이가 친아버지라면 부모의 권리라며 미요를 휘두를 수도 있게 된다. 한편 우스이가 어떠한 꿍꿍이가 있어 미요를 딸이라 불렀을 뿐이라고 해도 우스이가 그 정도로 미요를 원한다는 증거가 된다.

어느 쪽이든 이미 그녀를 끌어들이지 않는 건 불가능하다.

'어떻게 해야 하나.'

최대한 미요도 위험에 빠트리지 않고, 우스이와 대치하여 붙잡을 방법.

키요카는 출구가 보이지 않는 생각의 미로 속으로 침잠했다.

◇ ◇ ◇

기분 탓인지 평소보다 빠른 걸음으로 복도를 걸어갔다.

키요카의 기척에서 도망치듯 걸어가는 미요의 뒤에서

카오루코가 웃음을 흘렸다.

"대장님은 약혼자를 상대할 땐 저런 느낌이군요. 의외
네요."

"……일할 때는, 분명 다르겠죠."

발을 멈춘 미요는 뜨거워진 뺨을 누르며 뒤를 돌아보고
중얼거렸다.

"그야 물론이죠. 대장님은 보통 자신에게도 타인에게도
엄격한 분이시거든요."

"진노우치 씨에게도 그런가요? 진노우치 씨는…… 그,
낭군님의 약혼자 후보셨잖아요?"

썩 하고 싶지 않은 질문이긴 했으나, 마음에 걸려서 그
만 입 밖에 내고 말았다.

'나는 바보야.'

카오루코가 엄격했다고 대답하면 두 사람이 같이 일하
는 모습을 상상할 테고, 엄격하지 않다고 대답해도 그녀
가 특별했다는 걸 깨닫게 되어 괴롭다.

이렇게 어리석은 질문도 없다.

미요의 속마음을 알아차린 건지 아닌 건지, 카오루코는
태연하게 웃어넘겼다.

"저는 그런 식으로 애지중지해주신 적이 없어요. 조금
전에는 정말 놀랐다니까요. 그 쿠도 님이 그렇게 다 풀어

진 얼굴로 이야기하는 건 처음 봤고, 더불어 집요한 잔소리까지. 지난 몇 년 사이에 대체 무슨 일이 일어난 거냐고 딴죽을 걸고 싶었죠."

뒤통수에 손을 가져가선 '하하하!' 하고 쾌활하게 웃는 모습이 눈부시다.

"그렇, 습니까."

"그렇습니다. 뭐, 대장님이 엄격하면서도 다정한 사람이라는 건 잘 알고 있지만요."

불현듯 보인 온화한 표정이 가슴을 따끔하게 찔렀다.

그녀도 키요카의 다정함을 알고 있다고 듣자, 도저히 그 얼굴을 똑바로 볼 수 없었다.

대화가 끊어지자 두 사람은 누가 먼저랄 것 없이 다시 걷기 시작했다.

문득 카오루코가 '아, 맞다' 하고 손뼉을 쳤다.

"저 미요 씨에게 계속 하고 싶은 말이 있었는데요."

"? 뭐죠?"

옆에서 걷는, 여성치고는 키가 큰 카오루코를 올려다보자 그녀는 기대로 넘실거리는 눈동자를 이쪽으로 굴렸다.

"우리 사실은 나이가 비슷하거든요. 제가 스무 살이라."

"아…… 네. 그렇네요."

미요도 새해가 오면 스물이 된다. 카오루코는 한 살 연상인 모양이다.

그러고 보면 지금까지 살면서 나이가 비슷한 여성과는 많이 만나보지 못했다.

아무리 기억을 헤집어봐도 소학교에 다니던 때와 본가의 사용인 중 몇 명, 그 외엔 이복동생 정도.

이렇게 카오루코와 만나 대화하는 게 무척 희귀한 기회로 느껴졌다.

"우리는 공통점이 꽤 많다고 생각하거든요. 이 나이에 아직 미혼인 것도 그렇고, 이능력자인 것도 그렇고. 게다가 예쁘죠."

익살맞게 말하는 카오루코에게 옮은 미요도 작게 웃었다.

자신이 예쁘다는 생각은 조금도 들지 않지만 농담조로 던진 말은 불쾌하지 않아서 순순히 기쁘고, 왠지 우스웠다.

"그래서 말인데, 그…… 무슨 말을 하고 싶냐면. 우리 좋은 친구가 될 수 있지 않을까 하는 건데요."

"친구, 요?"

"네. 앞으로 당분간은 하루 대다수의 시간을 함께 행동하게 될 테고, 대화도 맞을 것 같으니까 편한 관계인 게 긴장되지 않아서 좋지 않을까요. 서로."

"……네에……."

"게다가 저는 친구가 별로 없거든요. 미요 씨가 친하게 지내주신다면 기쁠 거예요. 저를 돕는다고 생각하고 친구가 되어주지 않으실래요?"

걸음을 멈추고 웃는 얼굴로 내민 손을 잡을지 잠깐 주저했다.

친구가 된다고 해도 미요는 친구를 사귄 적이 없다. 구체적으로 어떻게 해야 친구라고 부를 수 있는 관계가 되는 건지 짐작이 가지 않았다.

그래도 망설인 것은 아주 잠깐이었다.

미요는 쭈뼛쭈뼛 자신의 오른손을 내밀어 카오루코의 손을 잡았다.

"저라도 괜찮다면…… 잘 부탁드립니다."

"와! 저야말로 잘 부탁드립니다!"

진심으로 기쁘다는 듯, 당장에라도 뛰어올라 기쁨을 표현할 기세인 카오루코를 보자 자신이 아주 좋은 일을 한 기분이 들었다.

기본적으로 늠름하고 멋있지만, 한편 이렇게 밝은 모습은 또 사랑스러워서 정말 매력적인 여성임을 실감했다.

"그럼 존댓말도 빼도 될까요? 미요 씨도 편하게 말씀해

주셔도 괜찮으니까요! 그리고 저는 진노우치가 아니라 카오루코라고 불러주세요."

두 손을 붙잡고 활짝 미소 짓는 미모의 폭력에 미요는 주눅이 들면서도 고개를 끄덕였다.

말투 같은 건 신경 쓸 일도 아니다. 상하관계로 따지라면 키요카의 약혼자라고는 하나 본가의 세력이 약한 미요가 더 아래일 테고, 애초에 군대에서는 그저 외부인이다.

호위를 받는다고 해서 딱히 미요가 높으신 분이 된 건 아니다.

"정말?! 고마워. 하~ 다행이다. 거절하지 않아서. 미요 씨는 착하구나."

"아뇨. 본래부터 상하관계 같은 건 없으니까요. ……하지만 그, 성 말고 이름으로 부르라는 건."

"아, 불편해……?"

"그런 것까진, 아니지만요."

"꼭 카오루코라고 불러줘. 사실 나는 성으로 불리는 건 별로 안 좋아하거든."

"네? 그, 어째서죠?"

진노우치라는 성은 무척 멋지다. 싫어할 만한 요소가 보이지 않았다.

고개를 갸웃거리자 카오루코는 눈썹을 팔자로 휘며 뺨

을 긁적였다.

"왠지 진노우치라는 성은…… 위엄이 넘친다고 해야 하나, 거창하다고 해야 하나."

"그런가요?"

확실히 부드러운 인상의 성은 아닐지도 모른다. 카오루코는 늠름한 분위기라서 의외였지만, 온순하고 사랑스러운 느낌이 더 취향인 걸까.

미요가 수긍한 것을 감지한 건지 군복을 입은 미인은 조급한 듯 말을 이었다.

"아, 아무튼. 카오루코라고 불러줘!"

"네."

카오루코는 고개를 끄덕이는 미요를 보고 안도한 듯 숨을 내쉰 뒤 빨리 가자고 재촉했다.

삐걱삐걱 소리를 내는 목조 복도를 조금 걸어간 곳에 '급탕실'이라는 팻말이 달린 문이 있었다. 아무래도 여기가 첫 목적지인 모양이다.

"자, 미요 씨. 먼저 여기가 급탕실——."

안내역에 심취하여 흥겹게 문을 반쯤 연 카오루코였으나, 그 목소리가 중간에 작아지더니 우두커니 선 채 멈춰버렸다.

대체 무슨 일인지 걱정이 되어 미요도 급탕실 안을 들여다보았다.

'와……'

빛이 없는 실내는 어둑하고, 차갑고 습한 공기가 고여 있는 느낌이었다. 눈에 힘을 줘서 살펴보자 여기저기 물건이 어수선하게 널려 있어 가까스로 발 디딜 곳만 확보된 듯한 처참한 몰골이었다.

하지만 미요가 실내를 볼 수 있었던 건 아주 잠깐이었다.

카오루코가 요란한 소리를 내며 문을 힘차게 닫아버렸기 때문이다.

"아~! 그랬지. 급탕실은 지금 못 쓰는 상황인데!"

미요 쪽을 돌아본 그녀는 움찔움찔 뺨을 경련하며 놀라울 정도로 높낮이가 없는 어조로 말했다.

급탕실을 못 쓴다니, 무슨 말일까.

주둔소 내에는 간이 주방과 작은 식당이 있으니 그곳에서 차나 커피를 탈 수 있다고 해도——조금 전, 정말 조금 전에 차를 준비한 사람은 카오루코 본인이었다. 설마 깜빡 잊고 있었을 리는 없다.

확실히 아주 잠깐 보였던 그 상태로는 사용하기 어려울지도 모르지만.

"하하, 사용할 수 없는 시설을 소개해봤자 소용없지~!

아하하."

여전히 높낮이가 사라진 어조로 말하며 시선이 떨리는 카오루코를 빤히 바라보았다.

무언의 시간은 몇 초.

카오루코가 체념한 듯 '봤어?' 하고 물어보기에 미요는 조심스럽게 고개를 끄덕였다.

"……네. 보였습니다."

그 실내의 참상은 그리 남에게 보여줄 수 있을 만한 상태가 아니라는 건 미요도 안다.

카오루코는 다시 문을 열면서 힘없이 어깨를 축 늘어트렸다.

"일단 변명하자면, 역시 군대는 남자 소굴이니까. 아무래도 구석구석 꼼꼼하게 손이 가지는 못해."

이 주둔소에는 남자투성이다.

청소나 빨래 등은 당번제라고 하지만 남성은 익숙하지 않은 자가 많을 테고, 군대 시설인 이상은 기밀을 유지하기 위해 외부에서 일꾼을 고용하는 것도 어려운 모양이었다.

견습이나 신입에게 맡기려고 해도 대이특무소대는 늘 일손이 부족하니 즉각 전력으로 기대를 받아서 잡일에까지 갈 여력이 없다.

"대, 대단하네요."

새삼 안을 살피자 급탕실은 정말 심하게 난장판이었다.

어떻게든 물을 끓여서 차를 우리는 것까지는 할 수 있어 보이나, 먼지며 곰팡이며── 위생적으로 그리 좋은 상황이 아니다.

카오루코는 탄식하며 냄새나는 것 위에 뚜껑을 덮어서 가리듯 다시 문을 닫았다.

"내가 여기서 떠난 뒤로 일절 청소하지 않은 것 같은 느낌이 들어."

"저, 그건 대체 얼마나……."

"으음, 대충 4, 5년?"

상상했던 것보다 훨씬 더 오랜 세월이 흘렀다.

그동안 최소한 사용은 할 수 있는 상태를 유지할 정도의 청소만 한다면 저렇게 되는 건가. 그리 알고 싶지 않은 현실이었다.

미요가 무심코 입가에 손을 가져가자 카오루코는 어깨를 으쓱했다.

"……그런고로 이 이상은 도저히 보여줄 수 없으니까 다음 장소에 가자."

"네."

고개를 끄덕이며, 미요는 청소라면 자신이 하겠다고 나

설까 고민하다가 그만두었다.

아직 안내받는 도중이고, 어차피 키요카의 집무실에 돌아가 물어보지 않으면 아무것도 할 수 없다.

"자, 그럼 다음은——."

카오루코의 안내를 받아 주둔소 안을 둘러보는 건 상상했던 것보다 더 즐거웠다.

급탕실 다음은 사무실과 자료실, 안뜰, 주방에 식당. 탈의실과 창고 안까지는 보지 않았지만, 카오루코가 살짝 들여다보고는 '더러워!'라고 소리쳤으니 급탕실과 마찬가지로 어지럽혀져 있었던 것 같다.

한편 식당은 그리 넓지 않았지만 청결함이 느껴졌다.

이곳의 주방에는 군에서 은퇴한 남성이 요리사로 일하고 있다고 한다. 미요가 카오루코의 안내를 받아 찾아갔을 때는 아쉽게도 만나지 못했으나, 장인정신을 지닌 깐깐한 사람이라 그의 요구로 식당도 주방도 청결을 유지하고 있다고 들었다.

"여기 식당의 요리는 아주 맛있어. 옛 수도의 주둔소에서 나오는 주문 도시락도 나쁘진 않지만, 여기서 갓 만든 요리와 비교하면 영~."

카오루코가 황홀한 눈빛으로 말했다.

그 말을 듣고 미요는 흠칫 숨을 삼켰다.

'그, 그럼 혹시 낭군님도 사실은 이곳의 요리를 드시고 싶으실까……?'

도시락은 아무리 맛있게 만들어도 먹을 때는 식어버린다. 그렇게 맛있고 따뜻한 식사를 할 수 있다면 분명 그쪽이 더 나을 것이다.

다음에 물어봐야지.

그런 생각을 하면서 걸어가던 도중 문득 신경 쓰이는 것을 느꼈다.

'왠지 시선이 느껴져.'

카오루코와 함께 복도를 걸어가고 있을 때, 혹은 각 장소에 찾아갔을 때. 가는 곳곳에서 대원들이 어딘가 무례한, 힐끔힐끔 살피는 듯한 눈길을 보냈다.

어제는 느끼지 못했던 시선. 카오루코의 말대로 여기는 남자 소굴이니까 여자 둘이 있는 게 신기한 걸까.

하지만 신기함이라기보다는 미요가 사이모리가에서 받았던 것과 비슷한 쿰쿰한 감정이 담긴 것 같은 느낌이 들었다.

"그럼 마지막은 도장이구나."

카오루코의 안내도 끝이 가까워졌다.

사실 재치 있는 화술도 없는 자신을 상대하는 건 그녀에게 그리 즐겁지 않을지도 모른다고 내심 걱정했는데,

카오루코도 내내 웃으면서 즐거워 보였기에 조금 안심했다.

"도장은 좋아하는 곳이라서 제일 마지막으로 아껴두었지~."

"좋아한다고요?"

"응. 나는 본가가 도장이거든. 어릴 때부터 계속 그곳에 다녀서, 도장이 제일 편안해. ……이렇게 말하면 다들 그럴 줄 알았다는 얼굴이 되지만."

"카오루코 씨가 멋있기 때문인가요?"

"하하하. 멋있다니, 그런 식으로 말해주진 않아. 대부분 남자 같다는 소릴 하지."

익살스럽게 말하는 카오루코의 얼굴은 미소를 짓고 있어도 어딘가 쓸쓸해 보였다.

확실히 여성인데도 남자 같다는 평가를 받는 건 기분이 복잡할 것이다. 그 말을 한 사람은 가벼운 마음이었을지도 모르지만.

미요는 어제부터 궁금했던 걸 물어보았다.

"저기, 그러고 보면 저는 군인은 남성밖에 없는 줄 알았는데요. 카오루코 씨 외에도 여성 군인이 계신가요?"

일반적으로 군인이 될 수 있는 건 남자뿐이다. 아마도 미요가 몰랐을 뿐인 게 아니라 세간의 인식으로도 그러할 터이다.

이 주둔소만 봐도 탈의실이나 세면실은 남성용밖에 없어서 도저히 여성 군인을 고려한 것처럼 보이지는 않았다.

미요의 질문에 카오루코는 '음, 그렇지' 하고 고개를 끄덕였다.

"보통 여자는 군인이 될 수 없어. 그래서 미요 씨의 인식은 틀린 게 아니야. 다만, 대이특무소대는 이래저래 특별하니까 옛 수도에는 나 말고도 여성 군인이 있지."

"특별?"

"그래. 왜, 이능력자는 그렇지 않아도 소수잖아. 그러니까 어느 정도 전투 능력을 인정받으면 여자도 입대할 수 있어. 이능력자라면 여자라고 해도 어중간한 남자보다는 강하고, 그만큼 국가에서도 자유롭게 부릴 수 있는 전력이 늘어나는 셈이니까. 참고로 정식 군인으로 대우하는 건 아니지만 대이특무소대에는 학생도 일할 수 있어."

"학생도……."

"나도 꽤 어릴 때부터 도우미로 일했었지. 14, 15살 정도일 때부터. 하지만 학생 도우미든 여자 군인이든 숫자는 아주 적어. 보다시피 지금 여기에는 여자가 나밖에 없지."

미요는 이해했다.

미요도 키요카를 만나고 자신도 이능을 지닌 자가 된 뒤에야 이능력자가 얼마나 특수한 위치인지 간신히 알게 되었다.

이능력자의 주요 임무는 이형을 쓰러트리는 일이지만, 전쟁이 일어나면 강력한 대인병기가 된다. 그래서 군대의 명령으로 이능력자를 부릴 수 있도록 대이특무소대가 존재한다.

'카오루코 씨는…… 말하지 않지만.'

여성 이능력자도 전력이 되니 입대를 허락하긴 하나, 결혼해서 차세대 이능력자를 출산하는 걸 요구하는 것은 명백하다. 다들 그게 당연하다고 생각하기에 역시 여성 군인이 소수인 것이리라.

이능력자에게 허락된 특권은 많다. 하지만 인간으로 봐주지 않는다.

씁쓸한 것을 삼킨 듯한 기분으로 카오루코의 뒤를 따라 도장에 들어갔다.

"자, 도착했어."

도장은 넓었다. 하나의 건물로 독립되어 있으며, 주둔소와는 연결복도로 이어져 있다.

대략 10명 정도일까. 도복을 입은 대원들이 목도를 들거나 맨손으로 대련에 열중하고 있었다.

"죽도는 없네요."

"검도가 아니라 어디까지나 실전에서 쓰는 검술이니까."

그런 대화를 하고 있었더니 '진노우치, 왔나' 하는 낮은 목소리가 카오루코에게 날아왔다.

목소리의 주인은 두드러진 장신은 아니지만 한눈에 봐도 단련했음을 알 수 있는 탄탄한 체격에 이지적인 분위기가 느껴지는 이목구비의 남성이었다.

어제 회의에서 본 기억이 난다. 분명 무카데야마라는 이름의 반장이었다.

"무카데야마 반장님. 수고하십니다."

"그쪽이야말로 오랜만에 제도에 와서 피곤하지 않아?"

"아뇨. 기합은 충분히 넣고 와서 안 지쳤습니다."

무카데야마는 킁킁 웃더니 문득 미요 쪽을 보았다.

"대장님의 약혼자님 아니십니까. 인사가 늦어졌습니다."

"……안녕하세요."

가볍게 꾸벅이며 대답하는 미요를 무카데야마의 조용한 시선이 꿰뚫었다. 마치 미요 안에 있는 무언가를 가늠

하려는 듯했다.

"안녕하십니까. 저는 반장인 무카데야마입니다. ——여기에는 어떠한 용건으로 오셨는지?"

가늘게 좁아진 눈에서 위압감이 증폭했다.

시험하고 있다고 느끼는 건 지나친 생각일까. 아니, 분명 진짜로 시험하는 것이다. 키요카의 약혼자로서도, 우스바의 관련자로서도.

오히려 그렇지 않을 이유가 없다.

"네. 카오루코 씨에게 주둔소를 안내받고 있었습니다."

침착하게 또박또박 대답하자 무카데야마는 그저 '그렇습니까'라고만 대답했다. 그리고 그대로 벽에 세워두었던 목도를 들고 카오루코에게 내밀었다.

"진노우치. 오랜만에 한 판 어때?"

"어…… 하지만 저는 호위 임무 중인데요."

"그렇게 여기에 있는 동안 아무것도 안 할 생각이냐? 단련하지 않으면 실력이 퇴화된다. 약혼자님은 내가 지켜볼 테니까 한 판 하고 와."

"으음. 말씀은 감사하지만요."

잠시 생각에 잠긴 카오루코였으나, 결국은 주저하면서도 목도를 받았다.

"그럼 딱 한 판만요."

카오루코는 군복의 겉옷을 벗어 벽 앞으로 던진 뒤 소매를 걷었다.

무카데야마의 지시로 그녀를 상대하는 건 아직 입대한 지 2년 차라는 젊은 남성 대원으로 정해졌다.

"잘 부탁드립니다."

"……잘 부탁드립니다."

두 사람이 서로에게 인사하자 바로 시합이 시작되었다.

문외한인 미요의 눈으로 봐도 청년 대원은 묘하게 카오루코를 의식하는 듯 처음부터 적극적인 공세를 펼쳤다. 한편 카오루코는 태연한 표정으로 그 공격을 차례차례 흘려넘겼다.

'대단해.'

아마도 카오루코는 상당히 실력이 뛰어난 모양이다. 아직 여유가 넘쳐 보였다.

어느새 도장에 있던 다른 대원들도 흥미진진하게 두 사람의 시합을 보고 있다.

"힘내라!"

"여자에게 지면 망신이라고!"

그런 목소리가 툭툭 들렸다.

"약혼자님은 누가 이긴다고 보십니까?"

불현듯 옆에서 던진 질문에 미요는 조금 놀랐다. 설마

무카데야마 쪽에서 말을 걸 줄은 몰랐다.

하지만 누가 이기냐고 물어봐도 대답하는 건 어려웠다.

미요의 눈에는 카오루코가 여력이 있어 보인다. 하지만 역시 남자와 여자 사이에는 단순한 체력이나 근력에도 차이가 있고, 카오루코는 아직 공격을 넘기기만 할 뿐 반격하지 않았다.

잠깐 주저한 뒤.

"……카오루코 씨, 일까요."

솔직하게 느낀 그대로 답을 돌려주자 그는 조용히 고개를 끄덕였다.

"아마 그럴 겁니다. 실력은 진노우치가 몇 배는 더 뛰어나니까요. ……그녀가 여자가 아니었다면 더 쭉쭉 출세할 수 있었을 텐데."

──여자가 아니었다면.

아무렇지도 않게 나온 한마디가 머릿속에 달라붙었다.

즉 여자는 아무리 실력이 좋아도 소용없다. 그런 의미라는 건 세상 물정에 둔한 미요라고 해도 이해할 수 있었다.

"당신과도 상관없는 이야기는 아닙니다."

"네?"

옆을 올려다보자 이쪽을 내려다보고 있던 무카데야마

와 눈이 마주쳤다.

하지만 그의 눈동자에는 아무런 감정도 비치지 않았다. 미요를 보고는 있으나, 분명 관심이 없는 것이다.

아니, 그보다도. 상관없는 이야기가 아니라는 건 무슨 의미일까.

무카데야마는 느른한 목소리로 말을 이었다.

"당신이 주둔소 안을 돌아다니는 걸 걸리적거린다고 여기는 대원도 적잖이 있다는 의미입니다."

"걸리적……."

"환영할 이유는 없죠. ──당신은 대장님의 약혼자이니 당당히 무슨 짓을 할 멍청이는 없지만, 그뿐입니다. 문외한, 심지어 전력도 되지 않는 여성이 여기에 있어봤자 방해만 된다고 생각하는 그들의 마음은 저도 잘 이해할 수 있습니다. 저희는 자부심을 갖고 군인이 되어 이곳에 있으니까요."

미요는 발치로 시선을 떨어트렸다.

"더불어 당신은 우스바의 핏줄. 말하자면 이능력자이면서도 이능력자의 적입니다."

"……!"

"그런 인간이 근처를 어슬렁거리는데 기분 좋을 이능력자는 없습니다."

"적⋯⋯."

그 단어의 무게에 핏기가 사라졌다.

우스바를 그런 식으로 표현하는 건 처음 들었다. 하지만 딱히 부정도 할 수 없다.

우스바의 이능은 여차할 때 이능력자를 막기 위한 것. 미요가 지닌 몽견의 힘도 그렇다. 미요 본인이 아직 이능력자로서 미숙하기 때문에 썩 대단한 힘을 발휘하지 못하지만, 이론상으로는 잠든 인간을 상대한다면 죽이는 것도 살리는 것도 자유자재다.

――공포. 혐오. 불쾌.

그런 부정적인 감정을 품고 적대시해도 이상하지 않다는 것을 깨달았다.

분명 이것은 우스바가 빛 아래로 나왔기 때문에 발생한 폐해.

"저는 딱히 무조건 낙인을 찍을 마음은 없습니다. 하지만 그렇게 생각하는 사람이 여기에 있다는 것을 기억해두십시오. 그리고 무언가 괜한 행동을 하려고 하진 마시고."

"⋯⋯네."

무카데야마의 단호한 당부에 시선을 숙였다.

그의 말이 옳다.

그제야 안내받던 도중에 느끼던 시선의 정체를 알았다.

'내가 우스바니까.'

미요에게 우스바 가는 방식은 막무가내이긴 했으나 자신을 가족으로서 받아들여 준 은인들이다. 그 이상도 그 이하도 아니며, 공포를 느낀 적도 거부감을 느낀 적도 없었다.

하지만 그건 순전히 미요에게 이능력자라는 자각이 없고, 이능력자의 세계를 몰랐기 때문이다.

그리고 지금 무언가 일을 해서 도움이 되고 싶다는 미요의 생각이야말로 그가 말하는 괜한 행동임이 틀림없다. 아무리 키요카가 허가해도 다른 대원들의 감정까지는 통제할 수 없다.

'나는 어리광을 부린 걸까.'

미요가 작게 한숨을 쉰 바로 그대. 시합을 관전하던 대원들이 시끄러워졌다.

아무래도 찰나의 틈을 노리고 카오루코가 상대방의 목도를 쳐내서 승부가 갈린 모양이다.

"감사합니다."

"……윽, 감사, 합니다."

청년 대원은 원한에 찬 눈으로 카오루코를 노려보았다. 하지만 카오루코가 아랑곳하지 않고 등을 돌리자 새빨개진 얼굴로 발을 쿵쿵 굴리면서 도장에서 나갔다.

지켜보던 대원들도 다들 불편하다는 듯 카오루코의 험 담을 수군거렸다.

솔직히 그리 좋은 분위기라 할 수 없었다.

"카오루코 씨, 수고하셨습니다."

"고마워."

돌아온 카오루코에게 수건을 건네며 인사하자 그녀는 산뜻하게 웃었다.

그녀가 다른 대원들의 반응을 신경 쓰지 않는 것처럼 보이는 게 그나마 다행이었다.

"역시 시합은 즐겁다니까. 좋은 운동도 되고. ……무카 데야마 반장님도, 권해주셔서 감사합니다."

"실력이 떨어지지 않은 듯하니 다행이군."

"오히려 전보다 성장한 것 같지 않나요?"

"글쎄다."

마주 보며 웃는 두 사람 사이에 앙금은 느껴지지 않 는다.

무조건 낙인을 찍을 마음이 없다고 한 무카데야마의 말 은 아마도 진심일 것이다. 적어도 그는 다른 이에게 편견 을 갖지 않으려고 조심한다는 걸 알 수 있었다. 그러니 실력이 있는 카오루코는 제대로 인정하고 있다.

'나는…….'

카오루코처럼 싸우는 힘은 없다. 이능도 잘 다루지 못한다.

무카데야마의 말대로 아무것도 하지 못하는 데다 우스이에게 노려지고 있으니, 그저 단순히 성가신 일을 만들어줬을 뿐이다. 단적으로 말하자면 고생시키기만 하는 방해꾼이다.

그렇다고 해도 자신은 키요카의 약혼자로서 할 수 있는 일을 할 수밖에 없고, 아무리 바라고 발돋움을 해도 미요가 할 수 있는 한정된 범위에서 최선을 다할밖에.

하지만 그게 답답하다. 이렇게 혼자만이 이 자리에 어울리지 않는다는 사실에 직면하니, 카오루코처럼 키요카가 의지하는 게—— 부러워서 견딜 수 없다.

◇ ◇ ◇

해가 저물고 미요와 키요카가 함께 집으로 돌아오자 아직 유리에가 남아있었다.

"다녀오셨습니까. 도련님, 미요 님."

현관에서 웃으며 맞아주는 유리에의 모습에 몹시 안도했다. 미요는 팽팽하게 긴장해있던 마음이 풀어지며 간신히 여느 때처럼 숨을 쉴 수 있게 된 듯한 기분을 맛보았다.

"돌아왔어."

"다녀왔습니다."

밖은 일몰과 함께 완전히 추워졌지만, 집 안은 상당히 훈훈하다.

"자, 도련님은 바로 옷을 갈아입으시지요. 미요 님께서도 거실에서 쉬시고요."

"앗, 아뇨. 저도 돕겠습니다!"

미요는 재빠르게 일어나 집안일을 마저 하려는 유리에를 허둥지둥 따라갔다.

부엌에 들어가자 이미 저녁 식사 준비는 거의 끝난 상태였다.

"미요 님, 피곤하지 않으십니까?"

찬장에서 식기를 꺼내며 유리에가 걱정하는 얼굴로 물었다.

미요는 일단 '아뇨'라고 대답한 뒤 시선을 발치로 떨어트렸다. 이렇게 물어본다는 건, 자신에게서 상당한 피로감이 느껴진다는 걸까.

하지만 오늘은 그리 피곤할 일이 없었다.

"아뇨, 몸은 괜찮습니다."

평소에도 체력이 중요한 집안일을 하는 몸으로서는 오늘은 오히려 편한 수준이었다. 그러니 귀가하자마자 확 밀려든 나른함은 정신적인 피로인 건지도 모르겠다.

카오루코가 나타난 뒤로 계속 마음속 어딘가에 납덩어리가 들어앉은 것 같았다. 더욱이 무카데야마의 말을 듣고 깨달은 현실에 한층 더 우울해졌다.

저도 모르게 한숨을 흘리자 유리에는 '어머나······' 하고 손을 들어 입을 가렸다.

"미요 님. 잠기 저기에 앉으시지요."

유리에가 부엌 구석에 놓인 작은 의자를 가리켰다.

미요는 갑작스러운 권유에 고개를 갸웃거렸다.

"네? 하지만."

"도련님의 환복이 끝날 때까지 아직 시간이 걸릴 테니까요."

거부를 용납하지 않을 기세인 유리에의 미소에 압도당했다. 늘 온화하고 자상한 유리에가 화를 내면 큰일이 난다는 건 이미 경험해봤다.

지금은 얌전히 따르는 게 최선이다.

"잠시 기다려주세요."

시킨 대로 미요가 의자에 앉는 것을 지켜본 뒤, 유리에는 무언가를 냄비에 따르고 불 위에 올렸다.

잠시 멍하니 기다리자 유리에가 김이 모락모락 올라오는 그릇을 살며시 내밀었다.

"드세요, 미요 님."

"감사합니다."

아무 생각 없이 그것을 받아 든 미요는 안을 보고 눈이 휘둥그레졌다.

그릇을 가득 채운 것은 달콤한 냄새가 나는, 따뜻하고 걸쭉하게 하얀 액체.

'감주다······.'

두 손으로 잔을 감싸자 손끝에서 온기가 퍼져나갔다.

"벌써 제법 추워졌으니, 마침 오늘 사 두었답니다."

"죄송해요. 저는 도와드리러 온 건데."

"괜찮습니다. 자, 식기 전에 어서 드시어요."

유리에의 미소에 안도하며 미요는 그릇에 입을 가져갔다.

뜨끈뜨끈한 감주는 황홀할 정도로 달콤하고, 혀에 남은 쌀알의 독특한 식감도 맛있었다. 이 단맛을 맛보는 건 대체 몇 년 만일까.

"맛있어요."

미요는 뜨거운 숨을 내쉬었다.

진한 단맛이 납을 삼킨 듯했던 가슴의 무게마저 녹여주

는 느낌이었다. 유리에의 따스한 배려도 느껴져 눈물이
나올 것 같았다.

"후후. 사 오길 잘했네요."

유리에에게 미소를 돌려준 뒤 미요는 천천히 감주를 마
셨다.

그릇을 싹 비웠을 때는 마음이 다소 가벼워졌다.

"유리에."

마침 그때 부엌 입구에서 목소리가 들려 돌아보자, 옷
을 다 갈아입은 키요카가 서 있었다.

"어머나, 도련님. 무슨 일이시죠?"

"……밖이 이미 어두워. 돌아갈 거라면 중간까지 바래
다주지."

"아이고, 이런."

그러고 보면 미요와 키요카가 귀가했을 때는 이미 캄캄
했다.

미요는 의자에서 일어나 들고 있던 그릇을 개수대에 올
려놓았다.

"유리에 씨, 나머지는 저 혼자서 할 수 있으니까요."

"아아, 그렇죠. 그럼 맡기겠습니다."

"미요, 너도 와."

"네?"

미요가 무심코 고개를 갸웃거리자 키요카는 기가 막힌다는 듯 흘겨보았다.

"너, 자신이 노려지고 있다는 걸 잊은 건가."

"아뇨, 잊은 건 아니지만……. 그래도 잠깐이잖아요?"

유리에의 집은 멀지 않고, 겨울이면 일찍 어두워지기 때문에 유리에의 가족이 중간까지 그녀를 마중 나온다. 키요카가 집을 비우는 건 아주 잠깐뿐이다.

결코 우스이를 얕보는 건 아니나 그 잠깐의 틈새를 노리고 빈집털이처럼 쳐들어오리라고는 상상하기 어려웠다.

하지만 키요카의 얼굴은 미요가 말을 할수록 험악해졌다.

"안 돼. 시키는 대로 해."

엄한 어조였다.

키요카는 미요를 걱정해서 지키려고 하는 것이니 거역해서는 안 된다. 미요에겐 제 몸을 지킬 기술이 없으니 당연하다.

하지만 자꾸만 오늘 본, 키요카가 카오루코에게 보이는 신뢰와 비교하게 되어 뭐라 말할 수 없는 기분이 들었다.

"……알겠습니다."

왜 이렇게나 카오루코와 키요카의 관계가 신경 쓰이는 걸까.

미요는 자신의 감정에 당황하면서 조용히 고개를 끄덕였다.

유리에를 무사히 바래다준 후, 미요와 키요카는 달빛과 별빛을 따라 캄캄한 밤길을 함께 걸었다.

갈 때는 유리에가 있었기 때문에 어떻게든 괜찮았지만, 단둘이 되자 바로 대화가 사라지고 어딘가 불편한 분위기가 흘렀다.

'나 때문이야.'

미요는 넘어지지 않도록 발치를 주시하면서 반성했다.

별장에서 돌아온 뒤로 민망하기도 하고 카오루코와의 일이 신경 쓰이기도 해서 예전처럼 키요카를 대할 수 없게 되었다.

침묵이 흐르는 가운데, 미요는 불현듯 떠올리고 조금 앞서 걷는 키요카의 등을 향해 말을 걸었다.

"저기, 낭군님."

"뭐지?"

"……저, 도시락을 안 만드는 게 나을까요?"

소소한 질문이라고 생각했다.

낮에 카오루코에게서 주둔소의 식당 요리가 맛있다고 들었으니, 키요카도 사실은 도시락보다 그쪽을 더 좋아하는 게 아닐지 마음에 걸렸기 때문이다.

하지만 키요카는 '뭐……?'라는 말을 흘리더니 멈춰서서 뒤를 돌아보았다.

"왜?"

――그 표정은 미요가 여태껏 본 적이 없을 만큼 경악과 동요와 비탄으로 물들어 있었다.

기껏해야 여느 때처럼 간결한 대답이 돌아올 줄로만 상상했던 미요는 뜻밖의 격렬한 반응에 당황했다.

"어, 그게…… 저기, 카오루코 씨에게서 주둔소의 식당 이야기를 들었습니다."

식은땀을 흘리면서 대답하는 미요를 키요카가 응시했다.

"그래서?"

"식당의 식사가 무척 맛있다고 말씀하셔서, 어쩌면 낭군님도……."

"아니야."

키요카는 미요의 말을 단호하게 잘랐다.

대체 뭐가 마음에 안 들었던 걸까. 아무것도 모르는 미요는 눈을 크게 뜨기만 했다.

"아, 아닌, 가요……."

"아니야. 미요, 나는 네 도시락을 먹고 싶어서 먹는 거다. 식당의 요리 같은 것보다 훨씬. 만드는 게 부담이 된다거나, ……만들기 싫어진 거라면 그만둬도 괜찮지만 가능하다면 앞으로도 만들어줘."

왠지 절실한 울림을 띤 키요카의 호소가 가슴에 스며들었다.

그저 도시락을 만들어달라는 말을 들었을 뿐인데, 자연스럽게 입꼬리가 올라갈 정도로 기쁘다.

'낭군님, 기뻐해 주셨구나.'

원래는 미요가 멋대로 만들기 시작한 도시락이었기에 키요카가 필요 없다고 한다면 바로 그만둘 생각이었다.

하지만 역시 실제로 필요 없다는 말을 듣는다면 상처받았을 테고, 지금은 키요카가 필요로 한다는 걸 알고 하늘을 나는 듯한 기분이 들었다.

미요는 자각 없이 들뜬 목소리로 대답했다.

"네! 앞으로도 도시락을 만들게 해 주세요."

"그래."

키요카의 입매가 부드럽게 풀어졌다.

"미요, 손을 이리로."

"? 네."

시키는 대로 한쪽 손을 내밀자 키요카의 커다란 손이 붙잡았다. 그리고 그대로 천천히 잡아당겼다.

"어두우니까. 이렇게 하는 게 안전하지."

"네, 네에…….."

키요카와 손을 잡고 있다.

상황을 이해한 순간 몸에 열이 오르면서, 차갑게 식었던 미요의 손이 순식간에 뜨거워졌다.

"……나를 싫어하지 말아줘."

이어진 손과 손에 모든 의식이 쏠려있던 미요는 앞서 걷는 키요카의 작은 속삭임을 놓쳐버렸다.

두 사람은 조금 전과는 다르게 기분 좋은 정적 속에서 밤길을 걸어갔다.

3장 친구와 시간을 보내는 방법

    잡일이라 묶어 부른다고 해도 다양한 일감이 있다. 하지만 미요가 할 수 있는 잡일은 한정적이었다.

"역시 이쪽밖에 없지."

    미요는 기모노의 소매를 걷어 어깨끈으로 고정하며 혼잣말로 중얼거렸다.

    키요카가 준 선택지는 두 개. 엉망으로 어지럽혀진 급탕실 외 기타 등등의 청소, 또는 자료실에서 자료 정리다. 조금 망설였지만 미요는 청소를 선택했다.

    자료는 아무래도 이형과 관련된 사건 보고서 종류인 듯했다. 일상적으로 쌓이는 것이기 때문에 내버려 두면 점점 난잡하게 탑을 이뤄버린다고 했다.

    키요카에게는 자료를 정리하면 이형에 대해 조금 더 이해할 수 있을 것이라는 조언을 들었으나, 아무리 카오루코가 협력해준다고 해도 문외한인 미요가 제대로 할 수 있으리라는 자신이 없다.

'게다가 왠지 내키지 않고…….'

분명 보고서 등을 정리하다 보면 키요카가 직장에서 어떤 활약을 하는지도 엿볼 수 있게 된다. 다만 그 영역에 파고드는 건 망설여졌다.

겉옷을 벗고 소매를 걷는 카오루코를 곁눈질로 힐끗 쳐다봤다.

'신경 쓰지 않는 게 좋다는 건 알지만…….'

무심코 의식했다가 한숨을 쉬는 걸 반복하고 있다.

카오루코가 키요카의 약혼자 후보였다는 걸 들은 뒤로 과거를 알고 싶은 욕구가 커졌다는 자각은 있다.

키요카의 과거. 키요카와 카오루코, 두 사람의 과거. 대체 어떤 관계였는지, 두 사람 사이에 있던 감정. 혹시 연인이었다거나──.

'연인이면 어떻게 하게.'

두 사람이 과거에 연인이었다고 해도, 자신은 대체 어떻게 하고 싶은 걸까.

누군가를 비난하는 건 잘못이다. 과거에 누구와 누가 마음을 주고받았다고 한들 미요에게는 직접 상관있는 일이 아니다. 경솔하게 파고들 수 있는 이야기가 아니고,

비난은 더욱 당치도 않다.

알고 싶지 않다. 하지만 알고 싶다.

"하아, 어쩌지."

"뭐가?"

무의식중에 나온 중얼거림에 대답이 돌아오는 바람에 미요는 펄쩍 뛰어올랐다.

"카, 카오루코 씨! 놀랐잖아요⋯⋯."

"미안해. 딱히 놀라게 할 마음은 없었어. 심각해 보여서 무슨 일인가 했지."

미요는 놀라서 쿵쿵 뛰는 심장을 달래며 카오루코를 돌아보았다.

그 정도로 심각해 보이는 표정이었던 걸까. 아니, 심각한 고민이긴 했으니 분명 그녀의 말이 맞을 것이다.

조심하지 않으면 키요카에게도 괜한 걱정을 끼칠지도 모른다.

지금은 아무튼 하기로 한 청소를 열심히 하자. 본가, 키요카의 집, 쿠도 가의 별장 등 왠지 어디에 가도 청소하는 듯한 기분이 들지만 미요에게는 그게 적성에 맞는 셈이다.

'달리 할 줄 아는 게 없다는 소리이기도 하지만.'

한심해서 또 우울해지려는 것을 얼버무리듯 주먹을 쥐

고 카오루코를 재촉했다.

"아무것도 아닙니다. 빨리 청소하죠."

"그래."

딱히 고집을 부리지도 않고 순순히 고개를 끄덕인 카오루코가 급탕실의 문을 열었다.

급탕실은 역시나 터무니없이 엉망이었다. 여기저기에서 집안일을 한 미요이지만, 이 정도로 처참한 방은 처음 보았다.

"어, 어디서부터 손을 대야 할지 모르겠, 네요."

정체불명의 산을 이룬 나무상자에, 내용물이 남아있는 것으로 추정되는 오래된 과자 봉지. 곰팡이가 난 병이며 식기가 수북하게 굴러다니고, 알 수 없는 액체가 흘렀다가 굳어버린 것도 있다. 더러운 행주와 신문지도 나뒹굴고 이름을 붙이기 어려운 냄새도 났다.

황폐함을 그림으로 그려놓은 듯한 상태다. 먼저 실내에 있는 것을 전부 꺼내는 것부터 해야 할 테지만, 솔직히 여러모로 좋지 않은 것을 발굴하게 될 것 같아 무서웠다.

"정말 끔찍하네……."

카오루코도 이마에 손을 짚고 목을 뒤로 꺾었다.

심지어 문제가 있는 방은 여기가 끝이 아니다.

평소 업무 외의 부분을 얼마나 소홀히 했는지 알 수 있었다. 하지만 이능력자 가문은 다들 역사가 오래된 명가인 데다, 여기는 그런 가문의 남성만 모여있다고 생각하면 어쩔 수 없는 측면도 있으니 불평해봤자 헛수고일지도 모른다.

'겁먹고 우두커니 서 있어봤자 소용없지.'

아무튼, 어느 것부터든 손을 대지 않으면 깨끗해지지 않는다.

미요는 코와 입을 수건으로 덮은 뒤 과감하게 급탕실로 들어갔다.

우선 물건을 분류해야 한다. 식기나 천 종류 등, 씻을 수 있는 건 씻는다. 아마도 썩어버렸을 식품은 모아서 땅에 묻거나 해야 할 듯하다. 종이류는 수수께끼의 액체에 희생되지 않았다면 다시 사용할 수 있으나, 그렇지 않다면 젖어서 냄새가 묻었으니 포기한다.

보기만 해도 질려버리는 방이지만, 한번 굳게 다짐하고 시작하자 미요와 카오루코는 묵묵히 작업을 진행했다.

"이쪽에 더럽지 않은 통이 있으니까 안에 천 종류를 모아둘게."

"감사합니다. ……아, 그 상자는 비어있어서 식기류를 넣어두었습니다."

"알았어."

이렇게 최소한 필요한 사항을 확인하며 주변에 있는 통과 상자 등에 작은 물건들을 담은 뒤 급탕실 밖에 내놓았다.

복도로 나오자 지나가던 대원들의 시선이 꽂혔다.

다들 발을 멈추면서까지 빤히 이쪽을 구경하지는 않았으나, 걷는 속도를 늦추고 상황을 살피면서 지나간다.

마침 그때, 물을 뜨러 갔던 카오루코가 모퉁이에서 그런 남성 대원들 몇 명과 마주쳤다.

"역시 여자는 저런 게 어울리지."

"남자의 영역에 나대지 말라고."

"청소부 대신으로는 쓸만한 것 같으니 다행이네."

대원들은 명백하게 카오루코에게 들리도록 수군거렸다. 터무니없이 무례한 발언에 미요는 불쾌함을 느꼈다.

하지만 비방을 받은 장본인인 카오루코는 어째서인지 씩 웃었다.

"제 힘이 도움이 된다면 옛 수도에서 달려온 보람이 있군요. 하하하."

"흥, 허세도 적당히 하지. 꼴사납게."

"허세를 부려봤자 여자가 남자를 이길 수는 없는데 말이야."

대원들은 그렇게 비웃고는 카오루코의 어깨를 치며 지

나갔다.

'너무해.'

대이특무소대는 실력주의라고 들었는데, 이런 건 실력 유무 이전의 문제다. 지난번 대련 때도 그랬다. 그들은 어쨌든 여성인 카오루코보다 자신들이 더 위에 있다고 과시하고 싶은 것 같았다.

카오루코는 웃음을 거두고 순간 어두운 표정이 되었다가, 아무 일도 없었다는 듯 이번에는 미요를 향해 웃었다.

"미요 씨, 물 떠왔어."

"저…… 기, 카오루코 씨. 저는, 그."

이런 건 너무하지 않은가. 그렇게 느끼는데도 일부러 웃으면서 미요를 대하는 카오루코의 심정을 생각하면 아무 말도 할 수 없게 되었다.

"……물, 감사합니다."

"천만에."

격려하는 말은 분명 그녀의 마음에 상처를 준다. 그래서 결국 얌전히 물이 담긴 통을 받아들기만 했다.

'나는 무슨 말을 들어도 상관없지만.'

무카데야마의 말대로 미요는 완전한 외부인이자 우스바의 관계자이기도 하며, 주변 사람을 눌러버릴 실력도 없다. 그러니 어느 정도는 텃세가 심한 것도 각오했고 이질적인 대우를 받는 것도 익숙하다. 아주 어릴 적부터 미요는 구박받는 존재였으니까.

하지만 카오루코는 아니다.

그녀가 제대로 자긍심을 갖고 직무에 임한다는 건 미요도 알고 있다. 그렇지 않다면 이렇게나 진지하게 미요와 어울려주지 않을 것이다.

그런 업무능력을 여성이라는 이유만으로 부정당한다. 인정해주지 않는다. 이보다 부당한 일도 없다.

물건을 밖에 내놓는 작업이 대강 끝나자, 미요는 먼지떨이를 들고 높은 곳에서부터 먼지를 털어냈다. 한편 카오루코는 근처에서 더러운 것들을 씻었다.

"미요 씨."

"네?"

불현듯 불린 이름에 손을 멈추고 카오루코를 돌아보았다.

"무언가 힘든 건 없어? 듣기 싫은 말을 들었다거나. 여기에 있기 불편하다거나…….."

시선은 손에 고정한 채 물어보는 그녀의 의도를 알 수 없었다.

불편한 건 카오루코 쪽이 아닐까. 그런 소릴 듣고 아무 느낌도 없었을 리가 없는데.

"……저는 괜찮습니다."

카오루코 씨는 어떻냐고 되묻는 말은 밖으로 나오기 직전에 삼켰다. 물어봤자 미요가 무언가 할 수 있는 것도 아니다.

대장인 키요카에게 일러바치기라도 한다면 일단은 개선될지도 모른다.

하지만 이 방식은 한층 더 큰 반감을 사게 되리라는 건 쉽게 상상할 수 있었다. 아마도 실력이 없으니 윗선에 아첨한다는 식으로 여길 것이다.

"그렇다면 다행이지만. 하이고, 참 곤란하단 말이지. 저런 건."

"……저도, 좋아하지, 않아요."

먼지를 대강 털어낸 미요는 먼지떨이를 빗자루로 바꿔 들고 바닥을 쓸기 시작했다.

"나도 안 좋아해. 이럴 때면 여자로 태어나서 손해 봤다는 생각이 들어."

"하지만 카오루코 씨는 싸울 수 있잖아요?"

"어중간하잖아. 여자답지도 않고, 남자가 될 수 있는 것도 아니고."

밝게 웃어넘기며 손을 움직이는 카오루코를 보고 미요는 깨달았다.

그녀는 닮았다. 본가에 있던 시절의 미요와.

아무리 괴로워도, 힘들어도 그걸 겉으로 드러내지 않는다. 아무것도 느끼지 않는 척 자신조차 속여서 마음을 지킬 수밖에 없다.

미요에게는 계속 미소를 지으며 숨기는 재주는 없었지만, 감정을 죽이고 살아가는 모습이 겹쳐졌다.

늘 밝게 행동하던 모습이 전부 그녀의 방패인 건 아닐 것이다. 하지만 틀림없이, 그녀가 그렇게 행동하는 원인 중 일부는 이 환경에 있다.

그녀의 심정을 생각하니 슬퍼졌다.

"아이고, 됐다 그래. 나는 어두운 분위기도 싫어하거든. 다른 이야기 하자."

"네."

확실히 이 화제를 계속 이어가면 무거운 분위기에 짓눌려버릴 것 같다.

"아, 그러고 보면 미요 씨는 옛 수도에 온 적 있어?"

"아뇨. 저는 그동안 제도 밖으로 나간 적이 없어서……."

"뭐?!"

둘이서 잡담에 빠져있자, 남성 대원들의 시선은 어느새 신경 쓰이지 않게 되었다.

밤, 저녁을 먹고 설거지도 마친 뒤 미요가 거실에서 잠시 쉬고 있자 목욕하고 나온 키요카가 돌아왔다.

"낭군님, 차 드세요."

"그래."

수건으로 긴 머리카락의 물기를 닦으면서 타타미 위에 앉은 키요카 앞에 녹차를 내려놓았다. 이어서 귤이 담긴 작고 둥근 바구니를 다탁 위에 올렸다.

"춥지는 않으세요?"

"괜찮아. ……너야말로 피곤하지 않나? 종일 일했는데."

"아뇨."

확실히 조금 피로하긴 하나, 굳이 키요카에게 이야기할 정도는 아니다.

오늘 하루 만에 급탕실은 대강 정리를 마쳤다. 일단 밖으로 꺼냈던 화물 분류가 아직 남아있지만 급탕실 내부는 완전히 청소를 마쳐서 정리만 하면 끝이다.

청소가 끝나고 처음 봤을 때의 모습에서는 상상도 하지 못할 만큼 깨끗해진 급탕실을 봤을 때는 카오루코와 손을 마주 잡고 기뻐했다.

미요는 보람이 있는 멋진 일이라고 생각했으나 아무래

도 키요카는 수긍하지 못한 모양이었다.

"말은 그렇게 해도 벌써 퍽 추워졌어. 무리하면 몸에 지장이 갈 거다."

"네. 무리는 안 하겠습니다."

"……별장에서 돌아온 뒤로 숨을 돌릴 여유도 없었지."

절절히 중얼거리는 키요카의 목소리에 미요도 시부모와 만난 뒤로 오늘까지 일어난 일을 되짚었다.

별장에서 보낸 나날도 이제는 상당히 옛날 일 같다.

그건 늦가을이었으니 실제로는 아직 한 달도 지나지 않았지만, 올해는 예년보다 겨울이 일찍 온 탓도 있기에 별장에서 돌아왔을 때는 단숨에 계절이 바뀌어갔다. 지금부터 연말까지도 순식간일 것이다.

"고도 씨의 상태는 어떻습니까?"

미요가 묻자 키요카는 고개를 저었다.

"면회 허가가 떨어질 때까지는 조금 더 걸린다고 하더군. 치료에 최선을 다하고는 있다만."

이능심교 거점 폭파 사건 당시, 고도는 심한 화상을 입었다.

이능력자의 몸은 비교적 튼튼하기 때문에 목숨에 지장은 없었다고 하나, 상처는 상당히 심해서 민간인에게 보여줄 만한 모습이 아니라는 배려로 인해 미요는 아직 병문안도 가지 못했다.

"허가가 떨어지면 너도 병문안에 가겠나?"

"가겠습니다. 가고 싶습니다."

고도에게는 지금까지 여러모로 신세를 많이 졌고, 미요의 몇 없는 지인이기도 하다. 거절할 이유는 없다.

힘차게 대답하자 어째서인지 키요카는 묘한 표정을 지었다.

"고도를 무척 만나고 싶은 모양이군."

"네? 아, 그게, 이상한 의미는 아닌데요……? 고도 씨에게는 늘 신세를 졌고 계속 걱정했으니까요."

어쩐지 변명 같은 대답이 나오고 말았다. 키요카는 그런 미요를 미심쩍어하는 눈으로 바라보았다.

"너 요즘, 쌀쌀맞지 않나."

"네?!"

"전보다 거리가 있는 것처럼 느껴지는 건 내 착각인가."

"…………."

미요는 말문이 막혀서 천천히 시선을 대각선 아래로 회피했다.

키요카에게 쌀쌀맞게 대하려는 생각은 당연히 없다. 하지만 자기 혼자 평소처럼 행동한다고 착각했다고 해도 반론할 수 없다.

'그야 무슨 표정을 지어야 할지 모르니까.'

시선을 피하는 빈도가 늘어나고, 말을 자주 삼키고. 아마도 키요카가 지적하는 위화감은 그것이리라고 상상이 갔다.

우스이 건도 있기에 키요카가 바쁠 때나 주둔소에 있을 때 등에는 의식하지 않지만, 둘이 있을 때는 그럴 수도 없다.

『봄이 오면…… 내 아내가 되어주겠어?』

『어제 일, 잊지 말아줘. ……그건 내 마음이니까.』

『무척 잘 어울린다. 예뻐.』

별장에서 있었던 이런저런 일들이 뇌리를 맴돌아서 떠올리기만 해도 뺨이 붉게 달아오른다.

아내가 되는 건 말 그대로의 의미이니 문제없다고 쳐도, 그 입맞춤은 뭐였을까. 키요카의 마음이란 뭘까. 그런 표정으로 예쁘다는 말을 하는 사람이었던가. 등등.

부끄러워서 도저히 캐물어 볼 수 없는 데다 카오루코 건도 있다.

'카오루코 씨에게도 같은 일을 하거나…… 말하거나, 했던 걸까.'

만약 그렇다면 아주 침울해져서 회복하지 못할 것이다. 거기까지 상상하고는 당황하고 만다.

결국 자신은 뭘 하고 싶은 걸까.

키요카에게도 자유는 있다. 미요를 아껴주지만, 딱히 본래 연인이었던 것도 아니다. 지금도 옛날에도 앞으로도, 갑자기 그가 연애 감정을 품는 여성이 나타난다고 한들 전혀 이상하지 않다.

하지만 실제로 그런 여성이 나타나면—— 분명 평온할 수 없을 것이다.

살금살금 시선을 다시 들어 올려 약혼자의 얼굴을 보았다.

"왜 그러지?"

"죄죄죄, 죄송해요……!"

틀렸다. 얼굴이 뜨겁고 눈이 빙빙 돌 것 같다.

새하얀 피부와 푸른빛이 도는 눈동자. 투명한 연갈색 머리카락이 어깨에서 등으로 부드럽게 흐른다. 특별할 것 없는 잠옷 차림인데도 어째서 그는 이렇게나 아름다운 걸까.

"아니, 사과하길 바란 게 아니고……."

"피피, 피한 건, 아닙니다. 정말입니다."

"나도 네가 일부러 그런 짓을 한다고는 생각하지 않아."

"으……."

부끄럽다. 쥐구멍에라도 들어가고 싶다.

"내가, 실수했나?"

"……아닙니다."

아니다. 그저 미요가 자신의 감정을 이해하지 못하고 소화하지 못하는 것뿐이다.

미요가 더 세간에 해박하고, 친구도 많고, 사람을 대하는 것에 익숙하다면 이 나이 먹고 자신의 마음에 휘둘리지 않을 수 있었을지도 모른다. 자신의 감정이나 키요카의 마음에 어떻게 마주 보고 어떻게 행동해야 할지 알았을지도 모른다.

이 답답함을 어떻게든 하려면 아직 시간이 걸릴 것 같았다.

키요카의 표정이 불현듯 어두워졌다.

"주둔소에서…… 불쾌한 일도 겪었지?"

놀란 미요는 눈을 부릅떴다.

설마 눈치채고 있을 줄은 몰랐다. 하지만 생각해 보면 당연하다. 키요카는 대장이니까 전부 파악하고 있다고 해도 이상하지 않다.

"너와 진노우치를 우연히 보던 대원 중에 보고한 녀석이 있었어."

"그건……."

"나나 반장 중 누군가가 주의를 주면 앙심을 품겠지.

하지만 손을 놓고 있는 것도——."

"괜찮습니다."

미요는 충동적으로 키요카의 말을 가로막았다.

"아니, 괘, 괜찮지는 않을지도 모르지만, 저도 카오루코 씨도 낭군님의 도움을 받을 생각은 없습니다."

카오루코의 의향에 대해서는 미요의 상상에 불과하지만. 아마 같은 마음일 것이라고 느꼈다.

"낭군님께서 주의를 주면 이해할 수 없는 부당한 명령이라고 느끼는 사람도 나올 테죠. 그게 더 문제가 되지 않을까요."

키요카와 대원들의 신뢰 관계에 금이 가 버리는 사태는 피하고 싶다.

확실히 미요도 카오루코도 무슨 말을 들어도 완전히 태연할 수 있는 건 아니다. 괴로울 때는 괴롭고, 슬퍼지기도 한다.

하지만 지금은 폭력도 없고, 만약 자신들 때문에 키요카와 소대 사이에 균열이 가는 사태가 일어난다면 그게 더 슬프다.

"저희 일은 저희가 직접 어떻게든 할 테니, 낭군님께선 일을 열심히 해 주세요."

미요가 웃으며 말하자 키요카는 살짝 입을 벌렸으나,

결국 말 대신 한숨이 흘러나왔다.

"아, 차 더 드시겠어요?"

"그래. 부탁한다."

아직 뜨거운 주전자를 기울여 찻주전자를 채운 다음 조금 흔들고 나서 키요카의 찻잔에 녹차를 따랐다.

어쩐지 즐거워하며 그에게 커피를 내어주던 카오루코의 모습이 떠오르는 바람에 가슴이 또 암운이 끼기 시작했다.

'안 돼. 이래서는…….'

카오루코와는 잘해나가고 싶고, 친구로서 친하게 지내고 싶다. 여기에 미요의 일방적인 응어리를 끌고 오면 잘 풀릴 것도 망가지기 마련이다.

달칵. 찻잔과 다탁이 부딪치는 소리에 정신을 차렸다.

"그러지 않아도 이능심교는 처리할 테지만…… 하아."

"낭군님?"

차를 마시더니 어째서인지 갑자기 쓸쓸함이 감도는 표정이 된 키요카를 보고 고개를 갸웃거렸다.

"나에게는 기대지 않으면서 진노우치에게는 기대는군."

"그. 카오루코 씨는, 그게, 기댄다는 것과는 다르, 지 않을까요?"

기댄다기보다는 서로 버팀목이 되어주는…… 아니, 버

팀목이 되고 싶은 관계라고 표현하는 게 맞을까. 결코 키요카를 의지하기 어려우니까 카오루코에게 의지하는 건 아니다.

"낭군님, 왜 그런 말씀을 하세요?"

"……아무것도 아니야."

이해할 수 없었지만, 분명 키요카도 속으로는 미요가 카오루코와 잘 지내길 바랄 것이다.

'내가 무언가 할 수 있는 일은 없을까.'

격려의 말 말고, 우울해하는 그녀에게 힘이 되어줄 방법은 없을까.

미요가 할 수 있는 건 기껏해야 집안일 정도다. 그렇다면──.

'그래, 그거라면.'

카오루코를 위한, 또한 자신에게도 도움이 되는 계획을 떠올린 미요는 바로 머리를 굴렸다.

◇ ◇ ◇

다음 날에는 무사히 급탕실 청소를 마친 미요와 카오루코는 계속해서 다른 곳도 청소해나갔다.

며칠에 걸쳐 비품을 놓아둔 창고를 청소하고 정리하고,

복도의 바닥과 창문을 닦았다. 쌓일 대로 쌓인 빨래를 빨아서 널고, 쓰레기를 모아 처리하고, 구석구석에 있는 먼지를 제거했다.

그렇게 매일 주둔소에 다니는 생활에 미요도 익숙해진 어느 날.

주둔소 뒤편, 우물가를 청소하기 위해 카오루코는 수세미나 걸게 등 청소도구를 가지러 창고에 가고 미요는 우물가 주위에 나뒹구는 물뿌리개와 통을 치우고 있었다.

'추, 추워.'

우물가는 야외다. 지붕도 없는 완전한 야외라 차가운 바람이 얼굴이며 기모노를 걷은 팔다리를 직접 때렸다.

청소할 거면 얼기 전에 해야 한다고 생각하고 시작했으나, 이건 지금 하면 안 되는 거였을지도 모른다.

미요가 그렇게 생각하고 실내에 들어가기 위해 이동했을 때, 불현듯 어디선가 남성의 웃음소리가 들렸다.

"그나저나 정말 편하단 말이지. 여자는."

"내 말이. 솔선해서 바닥에 엎드려 청소도 해 주고."

"여자는 검보다 빗자루를 드는 게 잘 어울린단 말이죠."

불쾌하기 그지없는 발언이 신경 쓰여서 건물 모퉁이를 돌아 살며시 살펴보자 세 명의 대원들이 훈련이라도 하고 있었던 건지 목도를 든 채 담소를 나누는 게 보였다.

지난 며칠 동안 어디에서 무얼 하든 이런 종류의 험담을 듣지 않는 날이 없었다. 애초에 대원의 절반 정도가 카오루코의 존재나 미요가 주둔소에 출입하는 것에 불만을 품고 있는 모양이었다.

잘 보니 세 명 중 한 명은 이전에 도장에서 카오루코와 대련했던 젊은 대원이었다.

"여자가 나대는 게 건방지다니까요."

"너는 호되게 당했으니 말이야. 뭐, 애초에 여자에게 실력을 따지는 것도 웃기는 소리지. 어차피 결혼이라도 하면 일을 계속하는 건 무리잖아."

하하하 웃음소리가 울린다.

미요는 인내심이 끊어진다는 기분을 절실히 느꼈다.

'왜 저런 소릴 하는 거야?'

여자라는 이유로 카오루코를, 그녀의 힘을, 노력을 인정하지 않는다. 처음부터 편견에 절어서 현실에서 눈을 돌리고, 열심히 하는 사람을 비웃는다.

이렇게나 부조리할 수는 없다.

사이모리 가에서 미요가 그런 대우를 받았던 건 이능이 없기 때문이다. 미요에게 그건 쓰라린 기억이긴 하나, 속상하고 슬프지만 어쩔 수 없는 측면도 있었다.

하지만 카오루코는 아니다.

카오루코는 강하고, 그건 본인이 노력했기 때문이다.

"어차피 여자는 남자에게 못 이기는데. 검을 휘둘러봤자 소용없다고."

거의 무의식이었다. 미요는 남자들 앞으로 천천히 걸어 나갔다.

"앗……."

"계셨습니까."

남자들은 미요를 인식하자, 아무리 그래도 민망한 듯 얼굴을 찡그렸다.

"——저기."

그들에게 무슨 말을 해봤자 세상에서 편견이 사라지는 건 아니다. 다만 카오루코에게는 아무런 잘못도 없다. 그걸 알아주길 바랐다.

미요는 남자들 한 명 한 명과 눈을 마주치고는 천천히 입을 열었다.

"그런 말은, 좀 아니지 않습니까."

"뭐?"

"대이특무소대는 실력주의라고 들었습니다. 전력으로 인정받으면 여성이라고 해도 소속될 수 있다고. 아닙니까?"

조용히 물어보자 남자들은 뭐라 말할 수 없는 표정으로

침묵했다.

즉 그들은 자신들의 주장이 부대의 방침과 반대 방향을 향했다는 걸 아는 것이다. 결국 카오루코에게, 여자에게 지는 게 마음에 들지 않는다. 그뿐이다.

"그런 식으로 남을 헐뜯으면 모여야 할 전력도 모이지 않게 되지 않을까요. 여성에게 지는 것이 싫다면 험담으로 쫓아내기 전에 우선 자신이 노력하는 게 타당하지 않습니까."

"당신이 뭘 안다고. 편하게 대장님에게 보호받고 있을 뿐이면서."

한 명이 못마땅한 듯 중얼거렸다.

"자, 잠깐."

다른 한 명이 말렸지만 그는 멈추지 않았다.

짜증을 억누르지 못한 듯 들고 있던 목도를 땅바닥에 푹 꽂았다.

"안전한 곳에서 거들먹거리며 지시를 내리는 것만이라면 그야 여자도 할 수 있겠지. 이쪽은 늘 목숨을 걸고 싸운다고. 그걸 아무것도 모르는 녀석에게 불평을 듣고 싶지 않아."

"…………."

"여자는 체력도 없고 근력도 없어. 그런데 우리와 똑같이 싸울 수 있겠냐고. 무리잖아. 여자에게는 그에 맞는 일거리가 있으니까, 그쪽으로 가란 말이야. 발목을 잡기만 할 뿐이면서 남자 흉내를 내며 돈을 받으려 한다니 용서할 수 없다고."

그의 주장도 일부는 맞다. 여자가 근육량에서 부족하다는 건 틀리지 않다.

──하지만.

"……그걸 정하는 건 당신이 아닙니다. 카오루코 씨는 정당한 평가를 받아 군인이 되었습니다. 무슨 권리가 있기에 당신은 그녀를 부정하는 거죠?"

자신은 생각했던 것보다 더 화가 난 것 같다고, 머릿속의 냉정한 부분이 생각했다. 이렇게나 말이 술술 나오다니 상상도 못 했다.

"카오루코 씨를 인정하지 못한다면 그녀와 대련해서 이긴 뒤에 하시죠."

이 말에 그들은 격양했다. 단련된 두꺼운 팔을 번쩍 치켜드는 것을 보고 맞을 것을 각오하며 눈을 감았다.

하지만 아무리 시간이 지나도 충격이 오지 않았다.

"그렇게 화를 내다니 무슨 일이세요~?"

태평하게 들리는 목소리는 여성의 음성이었다.

쭈뼛쭈뼛 눈을 뜨자 입가에 미소를 머금은 카오루코가

미요와 대원들 사이에 끼어들어 있었다.

"칫……."

"미요 씨에게 손을 대면 큰일 날걸요."

남자들은 못마땅한 듯 눈썹을 찡그리더니 카오루코를
한 번 노려본 후 떠나갔다.

"참나, 쉽게 폭력을 쓰려고 하다니 말도 안 돼."

"카오루코 씨."

혹시 자신들의 대화를 들었던 걸까.

"아, 안심해. 나는 지금 막 왔거든. 미요 씨가 무슨 말
을 했는지 하나도 몰라. 대장님껜 비밀로 할게."

웃는 그녀의 눈썹꼬리가 조금 내려간 것에서 그 말이
거짓임을 알았다.

미요는 카오루코의 손을 잡았다.

"우물가 청소는 나중에 해요."

"어?"

"이쪽으로 오세요."

당황하는 카오루코를 잡아당겨 며칠 전에 깨끗하게 청
소한 급탕실로 갔다.

"왜 그래? 미요 씨."

"오늘은 좋은 걸 가져왔거든요. 여기 앉으세요."

미요는 급탕실에 층층이 쌓아 올린 작고 둥근 나무 의

자를 배치한 뒤 카오루코를 앉히고 찬장에서 꾸러미를 꺼냈다. 보자기를 풀자 작은 도시락통이 나타났다.

"그거 도시락이야?"

"네. 하지만 안에 든 건 식사가 아닙니다."

뚜껑을 열고 카오루코 앞에 도시락통을 내밀었다. 그러자 카오루코의 눈이 휘둥그레졌다.

"아, 만쥬다……."

"그, 나쁜 일이 있을 때는 단것을 먹으면 기운이 날 것 같아서요."

그때 미요는 중요한 사실을 깨달았다.

"……혹시 단것 안 좋아하세요?"

그러고 보면 카오루코의 입맛을 물어보지 않았다. 만약 카오루코가 단것을 즐기지 않는다면 만쥬를 먹는다고 기운이 날 리 없다.

막연히 지금까지 본 인상으로 단것을 좋아하리라 생각해서 의심도 하지 않았다.

'시, 실수했어…….'

하지만 당황하는 미요를 보고 카오루코는 웃음을 터트렸다.

"아하하. 괜찮아. 나는 이런 과자 아주 좋아하거든."

그렇게 말한 뒤 도시락통 속에서 연갈색 만쥬를 하나

집고 깨물어 먹었다.

"어떤가요……?"

조심스럽게 물어보자 카오루코는 눈을 빛내며 감탄했다.

"맛있어! 혹시 이거 미요 씨가 직접 만든 거야?"

"네, 네에. 사실은 그렇습니다."

사 올 수도 있었지만, 미요는 마음을 담아 직접 만들고 싶었다.

만쥬인 이유는 무언가 카오루코에게 달콤한 간식을 만들어주려고 생각했을 때 마침 잡지에 만드는 법이 실려있던 걸 떠올렸기 때문이다.

"이거 직접 만드는 건 어렵지 않아?"

"아뇨, 그 정도까지는 아닙니다."

재료를 모으는 데 조금 수고를 들이긴 했으나, 만드는 것 자체는 어렵지 않았다.

카오루코는 정말로 단것을 좋아하는 모양이었다. 행복하다는 듯 풀어진 얼굴로 순식간에 만쥬 하나를 먹어 치웠다.

"맛있었어. 고마워, 미요 씨."

"아뇨……. 하나 더 드실래요?"

미요가 권하자 카오루코는 기뻐하며 두 개째에 손을 뻗었다.

"고마워."

손에 쥔 만쥬를 빤히 바라보는 그녀의 입에서 작은 중얼거림이 흘러나온 것이 들려 미요는 고개를 들었다.

"……미안해. 신경 쓰게 했네."

"아뇨."

뚜껑을 덮은 도시락통을 살며시 옆에 내려놓은 뒤 고개를 저었다. 그런 식으로 느낀 적은 없다. 다만.

"저는 본가에서는 늘 힘든 일만 겪어서, 숨을 쉬는 것조차 신물이 날 때가 있었을 정도였어요."

아버지는 관심을 주지 않고, 새어머니에게는 미움받고, 이복동생에게는 멸시당하며 살았다.

어째서 자신은 이렇게나 필요해 주는 이가 없는데도, 어디에도 자신의 자리 같은 건 없는데도 살아있는 걸까. 몇 번이나 의문이 들었다.

"하지만…… 괴로울 때, 설령 별다른 말을 주고받지 않아도 기운이 났던 적은 있었습니다."

자주 미요를 격려해주었던 소꿉친구 타츠이시 코우지와는 다르게 사이모리가의 사용인들은 드러내놓고 지켜주는 일은 없었다. 하지만 은연중에 배려해주고, 쓰지 않게 된 생활용품을 주거나 식사를 나눠준 적도 있다.

그럴 때 미요는 더없이 기뻤다. 그저 자신을 생각해서

행동해주는 사람이 있다는 사실을 아는 것만으로도.

"카오루코 씨. 만약 저라도 괜찮다면 듣겠습니다. 푸념이든 뭐든. 들어봤자 저는 아무런 힘도 되어드리지 못할 수도 있지만…… 그래도 계속 그런 식으로 웃으면, 진짜로 웃는 법을 잊어버리게 될 거예요."

"……응."

카오루코의 대답은 조금 떨리고 있었다.

"미요 씨는 다정하구나."

"그렇지는, 않습니다."

"아니야, 다정해. 나는 확실히 친구가 되자고 했지만 보통 만난 지 며칠밖에 지나지 않은 사람을 그런 식으로 위해주지 못해."

카오루코는 우는 듯 웃는 표정을 지으며 만쥬를 먹었다.

"맛있다. ……맛있어서, 기운이 쑥쑥 솟아."

그러고는 한 번 더 '미안해' 하고 사과를 흘렸다.

4장 진짜 속마음은

우스이와 이능심교의 습격에 대비하며 가을이 지나가고, 추위에 뼈가 시린 시기가 된 어느 날 밤.

"내일 오전에 휴가를 받았는데, 같이 고도의 병문안을 가지 않겠어?"

집에서 저녁을 먹던 도중 키요카가 불현듯 그런 제안을 했다.

"면회 허가가 떨어진 건가요?"

"그래. 드디어."

키요카가 고개를 끄덕이는 것을 보고 미요의 입꼬리가 무의식중에 풀어졌다.

면회 허가가 떨어졌다는 건, 고도의 용태가 그만큼 안정되고 회복했다는 소리다.

순조롭게 치료가 진행되고 있는 것 같아 진심으로 안심

했다.

"다행입니다. 정말로."

"그래."

"……낭군님? 왜 그러세요?"

키요카의 대답은 유독 쌀쌀맞았다. 심지어 식사하기 위해 움직이던 젓가락의 속도가 점점 느려지더니 마침내 멈추고 말았다.

무언가 거슬리는 말을 한 걸까. 아니면 설마 어디 아프기라도 한 걸까.

"미안하다. 내가 마음이 좁은 인간이라고 반성했어."

"? 마음이 좁다고요?"

키요카만큼 마음이 넓은 사람도 없을 텐데. 의아해서 고개를 갸웃거렸다.

애초에 지금 대화 흐름에서 어째서 그런 말이 나오는 건지 도통 알 수 없었다.

"신경 쓰지 마. 내가 잘못했다. 딱히 네가 그, 묘한 의미로 그 녀석에게 관심을 주는 것이라고 진심으로 생각하는 건 아니지만…… 감정이 앞서나갔다고 해야 하나, 뭐라고 해야 할까."

어색한 헛기침을 섞으면서 무언가 변명을 시작한 키요카. 터무니없이 그답지 않은 약혼자의 의도를 알 수 없어 미요는 한층 더 고개를 갸웃거렸다.

"저기, 괜찮으세요?"

"괜찮아. 괜찮다. 문제없어."

"……혹시 제가 밖을 돌아다니면 안 된다거나…….."

병문안하러 가고 싶지만, 그로 인해 무언가 폐를 끼치게 되다면 억지를 부리고 싶지는 않다.

괜한 행동을 하지 말라는 무카데야마의 말이 뇌리에 되살아났다.

키요카를 못 믿는 것은 아니다. 키요카가 함께 있다면 우스이라고 해도 그리 쉽게 미요에게 손을 대지 못할 테고, 그래서 매일 주둔소에 다니고 있다.

하지만 거리를 돌아다니다가 무언가 일이 생긴 뒤에는 늦다.

'이미 내 행동은 나 혼자서 책임질 수 있는 게 아니니까…….'

무릎 위에 올려놓은 손을 세게 움켜쥐었다. ──그 주먹을 넓은 손바닥이 감쌌다.

"낭군님……."

어느새 옆에 앉아있던 키요카가 미요를 바라보는 눈빛은 무척 고요했다.

푸른빛이 도는 눈동자는 언제나 보석처럼 투명하고 아

름다워서, 순간 모든 것을 잊어버리게 될 정도로 눈과 마음을 빼앗긴다.

"무서운가?"

"네."

순순히 고개를 끄덕이자 키요카가 살며시 어깨를 끌어안았다.

"이김에 확실하게 말해두지. 십중팔구, 네 아버지는 우스이가 아니다."

"아……."

"우스바 스미가 사이모리가에 시집간 시기와 네가 태어난 시기를 대조하면 명백하지. 우스바 스미가 혼인 후에 우스이와 밀회라도 했다면 모르지만……. 선대 사이모리가의 당주는 그녀가 도망치지 못하도록 저택 밖으로 절대 내보내지 않았다고 하고, 그 시기 우스이의 행동은 아직 우스바에서 파악하고 있을 때이니 그럴 가능성은 한없이 낮다고 한다."

키요카가 전해 들은 형태로 설명하는 까닭은 분명 우스바에 대해 정보를 준 사람이 아라타이기 때문일 것이다.

미요가 불안해하는 걸 알아차리고 키요카도 아라타도 조사해준 것이 틀림없다.

"네가 지금 뭘 하든 불안한 건 이해한다. 그러니 그 불안을 벗기기 위해서라면 뭐든 할게. 네가 느끼는 것을 더 겉으로 드러내도 괜찮아."

"……네."

"나도 내가 할 수 있는 일을 생각하고 있다. ——지금 이 시기를 너와 함께 극복하고 싶어."

키요카의 곧은 말이 가슴에 박혔다.

그는 결코 미요를 혼자 두지 않는다. 그러니 미요도 혼자서 어떻게든 하는 것을 전제로 생각하는 건 그만두어야 한다.

"제가…… 밖으로 나갔을 때, 무슨 일이 생기면 어떡하나. 그런 생각을 했습니다. 만약 시내에서 그 사람을 마주친다면——."

솔직하게 자신의 생각을 이야기하자 가슴이 조금 가벼워졌다. 키요카는 희미한 미소를 지으며 고개를 저었다.

"신경 쓰지 않아도 돼. 우스이도 한 조직을 이끄는 인간인 이상, 대낮에 당당히 일반인의 인식을 나쁘게 만드는 어리석은 짓은 하지 않을 거다. 너를 데려가고 싶다면 더욱 달리 노릴 것도, 수단도 얼마든지 있으니까."

"달리……?"

"아무것도 아니야. ——아무튼, 내일은 괜찮으니까 병문안에 가자. 고도는 매일 침대에만 있어서 시간이 아주

134 나의 행복한 결혼 4

남아도는 모양이야."

무언가 중요한 것을 얼버무린 느낌이 든다.

하지만 이때의 미요에게는 아직 보이지 않는 것도, 생각이 미치지 않는 영역도 너무 많았다. 따라서 위화감은 머리 한구석에 잠깐 걸렸다가 빠져나가고, 키요카의 미소에 고개를 끄덕이기만 했다.

고도가 입원한 병원은 군대 부속 병원이다. 군 본부의 시설 중 하나로, 최첨단 설비와 제국에서도 최고봉의 실력을 지닌 각 분야의 의사들이 상주하고 있다.

군대 시설인 이상 그리 쉽게 입원할 수 있는 곳이 아니다. 하지만 군대 관계자라면 당연히 문제가 없고 그 친족도 허가만 받는다면 치료를 받을 수도, 병문안을 하러 갈 수도 있다고 한다.

'하지만 정말 군 본부에 가는 날이 오다니.'

아침, 키요카가 운전하는 자동차를 타고 가면서 그와 처음 외출했던 날을 떠올렸다.

그때도 자동차를 타고 이동하던 중이었다.

그 자동차를 두기 위해 그의 직장에 간다는 말을 듣고선 군 본부에 간다고 착각했던 것이 키요카와 만난 지 얼마 지나지 않은 시기인 봄.

그 뒤로 정말 많은 일이 일어나며 자신도, 주변 상황도 크게 바뀌었다.

무척 긴 시간이 지난 것 같은 느낌도 들고, 순식간이었던 느낌도 든다.

'그 시절엔…… 자신감이 없어서 늘 두려워했어.'

키요카는 소문으로 듣던 것처럼 무섭지 않고, 다정했다.

그래서 최대한 오랫동안 곁에 있고 싶었으나 자신에게는 이능이 없고, 이복동생처럼 우수한 숙녀인 것도 아니었다. 그래서 언젠가 이 혼담은 사라지리라 생각했다.

자신은 그때와 비교해 얼마나 달라졌을까.

욕심만 강해진 건 아닐까. 제대로 성장했을까.

미요는 옆에서 운전대를 잡은 키요카를 살며시 훔쳐보았다.

"왜 그러지?"

아주 잠깐 본 것인데도 그가 눈치채는 바람에 당황하며 시선을 돌렸다.

"아뇨, 처음 낭군님과 외출했던 날을 떠올리고 있었습니다."

"아아. 그때 말인가……."

키요카는 그립다는 듯 미소 지으면서 눈을 가늘게 휘

었다.

미요에게 둘이 처음으로 외출한 그 날이 부끄럽지만 좋은 추억이 된 것처럼, 키요카에게도 그랬으면 좋겠다고 살짝 기대했다.

군 본부—— 제국 육군의 제도 기지는 대이특무소대의 주둔소와 조금 떨어진 곳에 있었다.

금속으로 된 높은 울타리로 둘러싸인 넓은 부지에 크고 무기질적인 하얀 건물이 여럿 세워져 있다. 철로 만든 문은 굳게 닫혀있었는데, 격자 사이로 군복을 입은 체격 좋은 군인들이 오가는 모습이 보였다.

역시 사관인 키요카는 별다른 제지도 없이 문지기와 짧게 인사만 하고는 그대로 자동차에 탄 채 기지 안에 들어갔다.

"긴장했나?"

키요카의 그 질문이 왠지 우스워서 미요는 웃어버렸다.

"후후. 낭군님도 참."

"왜."

퉁명스럽게 대꾸하는 키요카의 반응에 더욱 웃음이 나왔다.

"그야 낭군님, 지난번에 제가 대이특무소대의 주둔소에 갔을 때도 같은 말씀을 하셨는걸요. '긴장했나?'라고. 후

후후."

"웃지 마. ……어쩔 수 없잖아."

"압니다. 감사합니다. 걱정해주셔서."

예전의 미요였다면 키요카는 긴장한 미요가 크게 실수해서 창피한 모습을 보이지 않을지 염려하는 건지도 모른다고, 그에게도 실례되는 생각을 하며 멋대로 위축되었을 것이다.

이런 식으로 웃을 수 있는 건 키요카가, 그의 주변 사람들이 미요를 아껴준다는 걸 이제는 알기 때문이다.

"웃을 일이 아니라고. ……이런 말은 하고 싶지 않지만 각오는 해 둬."

"네."

여기는 군 본부이고, 대이특무소대의 주둔소와는 다르다.

군인 대부분이 이능을 지니지 않았고, 이능력자는 군대 내에선 어느 의미 특별대우를 받는다. 그렇기에 이능력자에게 유감을 지닌 자가 많다는 건 미요도 이미 아는 이야기이다.

더불어 키요카의 약혼자가 우스바의 핏줄이며 이번 사건의 범죄자인 우스이 나오시의 혈연이라는 건 조금 사정에 밝은 자라면 파악하고 있다고 한다.

대이특무소대의 주둔소에서도 넘치도록 무례한 시선을 받았지만, 여기와는 비교도 되지 않으리라고 한다.

"하지만 괜찮습니다."

그런 눈에는 익숙하다.

딱히 익숙해지고 싶어서 익숙해진 건 아니고 그 탓에 많이 괴로워했지만, 최근이 되어 간신히 그것도 자신의 밑거름이 되었음을 받아들일 수 있게 되었다.

그것이 자신의, 사이모리 미요의 강점이라고 인정할 수 있게 되었다.

자동차에서 내려 키요카의 대각선 뒤에 자리를 잡고 병원으로 향했다.

스쳐 지나가는 군인들에게 역시나 다소 무신경하다고 불러야 할 법한 호기심 어린 시선을 받았지만 생각했던 것보다 괜찮았다.

'……오히려 나보다는 낭군님 쪽이 더 눈에 띄는 것 같아.'

굳이 따지라면 병문안 선물로 주기 위해 오는 길에 산 꽃과 과일을 안고 당당히 걸어가는 키요카에게 군인들의 관심이 쏠려 있었다.

"저건 쿠도가의——."

"저 사람이? 상당한 실력자라던가."

"상부에도 눈치 보는 간부가 몇 명……."

"······저 외모로——."

얼핏얼핏 들리는 수군거림의 내용은 명백하게 키요카의 이야기다.

키요카는 이쪽에는 좀처럼 모습을 드러내지 않는다고 하니 신기한 모양이다. 그리고 키요카의 존재감 앞에서는 미요의 출생 같은 건 사소한 부분이었다.

'왠지 김이 새버렸지만.'

키요카의 모습을 보자마자 안색이 새파랗게 질려서 도망치듯 떠나는 군인도 보여서 대체 무슨 일이 있었던 건지 궁금했다.

비슷한 건물투성이라 미아가 될 것 같다는 생각을 하던 도중 두 사람은 병원에 도착했다.

키요카는 고도가 입원한 직후쯤에 한 번 왔기 때문에, 접수대에 인사도 하는 둥 마는 둥 바로 병실로 향했다.

미요와 키요카가 병실 앞까지 오자 마침 백의를 걸친 남성 의사가 나오던 참이었다.

"오, 키요카 아닌가요."

나이는 30대 정도일까. 키가 크고 호리호리하게 마른 몸에 깎지 않고 방치한 수염이 눈에 띄는 의사는 어딘가 음흉한 미소를 지으며 키요카에게 말을 걸었다.

반면 키요카는 진심으로 질린다는 표정이 되어 '오랜만

이군'이라고 대답했다.

"어이쿠, 변하질 않는군요. 연상에게 저 거만한 태도! 히힛."

의사의 독특한 웃음소리에 미요는 피부에 소름이 돋는 것을 느꼈다.

키요카에게 친근하게 대하는 모습을 보면 아는 사이 같기는 하지만. 대체 무슨 관계인 걸까. 알고 싶기도 하고 알고 싶지 않기도 했다.

"……그 징그러운 웃음소리 치워."

"히힛. 웃음소리 같은 건 아무래도 상관없잖아요? 사소한 일엔 신경 쓰지 않는 게 마음의 평안을 위한 길이랍니다."

"하아……. 그래서, 녀석의 용태는?"

한숨을 쉬는 키요카의 질문에 의사는 다시 '히힛' 하고 웃었다.

"면회할 수 있을 정도는 되지요. 상처는 전보다는 눈에 덜 띄게 되었고. 다만 체력이 현저하게 떨어졌으니 좀 더 입원해야 할 거예요."

"올해 안에 복귀할 수 있을 것 같나?"

"그 정도라면 뭐, 가쁘지 않을까요?"

"그런가. 수고했다."

의사가 떠나갈 때 눈이 마주친 미요가 꾸벅 인사하자 역시나 음흉한 느낌이 드는 미소가 돌아오는 바람에, 반사적으로 끌어올린 입꼬리가 꿈틀거렸다.

"지금 저분은……?"

모르는 척 넘길 수 없었던 미요는 병실 문에 손을 댄 키요카에게 물었다.

"아아. 저건 내 어머니 쪽 친척이다. 치유의 이능을 지녔지. ──들어간다."

말을 걸었지만 답을 기다리지 않고 문을 여는 키요카의 뒤를 쫓아 미요도 병실 안으로 들어갔다.

그리 넓지는 않지만 1인실이라 비좁지는 않았다. 병실 안쪽에 놓인 새하얀 침대에 상반신을 일으킨 고도의 모습이 있었다.

"아, 대장님~!"

이쪽을 보고 크게 손을 흔드는 고도를 무시하며 키요카가 이야기를 이어갔다.

"……치유의 이능은 우수하지만 다소 성격에 문제가 있지. 뿌리부터 악인인 건 아니다만."

"그렇군요."

"그에게 부탁하면 상처는 빨리 치유되지만 특별요금이라는 등의 구실로 터무니없는 청구서가 날아오는 것도 문제점이다. 하지만 여차할 때는 부탁할 수밖에 없을 정도로 실력은 뛰어나.”

즉 이번 고도의 부상은 그만큼 심했다는 소리다.

만약 키요카가 그렇게 크게 다쳤다면 자신은 냉정할 수 있었을까. 지금은 상상도 가지 않지만 각오는 필요할지도 모른다.

“저기요! 제 병문안으로 와 주신 거 아닙니까? 무시하지 말아 주세요.”

완전히 방치당한 고도가 분개하며 소리치자 쿡쿡 웃음소리가 들렸다.

“아하하. 이거 아주 유쾌한데. 고도는 정말 재미있다니까.”

“시끄러워!”

칸막이 뒤에 가려져서 눈치채지 못했다.

선객은 화려한 기모노를 걸치고 손에는 부채를 든, 한눈에 봐도 한량이라는 인상의 청년── 타츠이시가의 당주 타츠이시 카즈시였다.

카즈시는 변함없이 고도를 놀리면서 즐기는 모양이었다.

“고도는 아까부터 계속 화만 내고 말이야. 모처럼 내가 병문안에 와 줬는데.”

“누가 와 달라고 했냐?”

"너무하네. 우리 친구잖아."

"누가 친구야!"

고도의 절규에 한바탕 웃어젖힌 카즈시는 부채를 탁 접고 일어났다.

"그럼 나는 슬슬 물러나도록 할까."

"그래. 빨리 가. 아, 속이 다 시원하다~."

"또 올게."

"오지 마!"

카즈시는 화려한 색의 하오리를 나부끼며 이쪽을 보고 미소 지었다.

그와는 오랜만에 만나는데, 타츠이시가의 당주임에도 불구하고 역시 그런 느낌은 별로 없다. 명문가의 방탕한 아들이라는 이름이 가장 잘 어울린다.

"쿠도 씨, 오랜만이야."

"오랜만이다. 타츠이시, 너는 오오카이토 소장 각하의 도움을 받아 여기에 온 건가?"

"그래. 고도가 크게 다쳤다고 해서 어떤지 좀 보려고 왔지~. 재미있어 보였고."

"장난도 적정선을 지키도록."

"명심할게."

카즈시는 팔랑팔랑 손을 흔들며 병실을 뒤로했다.

기가 막힌다는 표정으로 그 뒷모습을 지켜본 키요카가 고도의 침대 옆에 섰다. 그러자 어째서인지 고도가 성대하게 웃음을 터트렸다.

"풉! 아하하하! 안 어울려~! 대장님과…… 꽃다발. 푸흡."

"…………."

미요가 곁눈질로 키요카의 반응을 살피자 그의 무뚝뚝한 얼굴에 명백한 분노가 어른거렸다.

늘 생각하는 것이지만, 고도는 일부러 키요카를 화나게 하는 걸까. 그렇다면 일부러 고도를 놀리러 찾아오는 카즈시와 별로 차이가 없어 보인다.

골치 아파질 것 같으니 입 밖에 내지는 않지만.

"아주 건강해 보이는군. 병문안은 필요 없었던 모양이지."

싸늘한 눈으로 고도를 내려다본 키요카는 '이거 꽂아둬' 하며 들고 있던 꽃다발을 미요에게 건넨 뒤 근처의 선반에 과일을 올려두고 등을 돌렸다.

갑자기 화난 듯한 태도를 보이는 약혼자의 행동에 어안이 벙벙해졌다.

"낭군님?"

'버, 벌써 돌아가는 걸까.'

이제 막 온 참인데 벌써 돌아가려니 아쉬워하고 있자,

키요카는 딱 한 번 돌아보았다.

"잠시 나갔다 온다. 미요, 너는 조금 더 여기에 있도록 해."

"아, 네……."

모처럼 왔는데 왜 나가는 걸까.

설마 고도가 웃은 것에 진심으로 화가 났을 리는 없다. 이 정도로 고도의 얼굴도 보기 싫어질 만큼 화를 낸다면, 평소에도 촐싹거리는 그의 목숨은 이미 날아가고 없다.

게다가 막연하지만, 병실에서 나가는 키요카의 등에서 여느 때와는 다른 무언가를 느끼고 쫓아가는 것을 망설이고 말았다.

'어째서…….'

내심 난처해하면서도 어쩔 수 없으니 시킨 대로 꽃다발을 풀어 비어있는 화병에 꽂았다.

아무래도 앞서 병문안에 온 카즈시는 꽃 같은 건 가져오지 않았던 건지, 화병은 사용되지 않고 놓여있었다.

"미요 씨. 죄송합니다~."

"아뇨."

이 정도는 그리 번거롭지도 않다.

미안한 듯 뒤통수에 손을 올리고 사과하는 고도에게 미요는 미소를 돌려주었다.

고도는 여느 때와 다름없이 활발하게 행동했지만, 잠옷

사이로 얼핏 보이는 하얀 붕대며 거즈가 미요가 상상했던 것보다도 훨씬 많아서 아파 보였다.

그나마 이게 면회가 가능해질 정도로 회복한 상태라고 하니, 처음 다쳤을 때는 얼마나 심각했을지 상상하는 것조차 무섭다.

"저기, 고도 씨. 이번 일은 그, 뭐라고 말씀드려야 좋을 지……. 정말로 면목이 없습니다."

꽃을 다 꽂은 뒤 미요는 고도를 향해 몸을 틀고 깊이 머리를 숙였다.

그의 부상은 우스이 나오시 때문이다. 즉 우스바의 책임이자, 미요도 완전히 무관계하지 않다.

미요에게 사과를 받아봤자 고도도 난감할지도 모르나 뭐라도 말하지 않을 수는 없었다.

"아닙니다. 미요 씨가 사과할 일이 아니잖아요."

"하지만."

고도는 천천히 고개를 저었다.

"신경 쓰지 말라고 해봤자 무리일지도 모르지만요. 잘못은 그런 짓을 했고, 앞으로도 하려고 하는 우스이와 이능심교가 저지른 거지 미요 씨 때문이 아니에요."

"……네."

"그러니까 저야말로 병문안 와 주셔서 감사합니다."

고도의 미소는 평소와 똑같이 밝고 살가움이 느껴졌다.

그가 무사해서 다행이다. 만약 목숨을 잃었다면 미요도 키요카도 이전과 다름없는 마음으로 살아가는 건 불가능했을 것이다.

미요는 침대 옆에 놓여있던 작은 나무 의자에 앉았다.

"몸은 아프지 않으신가요?"

미요의 질문에 고도는 '으음, 뭐' 하며 일단 말을 흐렸다.

"이삼일 전까지는 솔직히 꽤 아팠죠~. 전신을 붕대로 칭칭 감았고, 그 밑에는 화상이 심했거든요."

고도의 어조는 가볍고, 마치 별일 아니라는 듯이 이야기하고 있지만 그 내용은 처절했다.

전신에 심각한 화상을 입었다면 보통 생사를 헤매고—— 아마도 죽는다. 그의 경우는 이능력자라서 몸이 보통 사람보다 훨씬 튼튼한 데다, 치유 이능을 지닌 이능력자에게 부탁해서 간신히 살아남았다.

대이특무소대 외에도 이능심교의 다른 거점에서 폭발에 휘말린 부대가 있다고 들었는데, 사망자가 없었던 건 기적일 것이다.

"복귀하면 이능심교 녀석들을 일망타진해버릴 겁니다요~. 저 의외로 앙심을 품는 편이거든요!"

"히, 힘내세요……."

"힘내겠습니다!"

대화가 멈추자 돌아오지 않는 키요카가 마음에 걸렸다.

어쩌면 그, 외가 쪽 친척이라는 의사와 무언가 대화하고 있는 걸까.

미요가 이런저런 상상을 하고 있을 때 고도가 툭 목소리를 흘렸다.

"아무리 대장님이라고 해도 내가 막 입원했을 때는…… 말문이 막혔으니. 역시 책임을 느끼는 거겠지."

역시 고도의 부상이 무척 심각했었음을 알게 된 미요는 가슴이 욱신거렸다.

키요카는 본래 말수가 많은 편은 아니지만, 늘 같이 일하는 고도의 말이니 분명 그만큼 충격을 받았던 것일 터이다.

"너무 쓸데없는 소리를 미요 씨에게 들려주면 또 혼날지도 모르지만~."

"네?"

"대장님은 당연히 상사로서 책임을 느끼는 것도 있다고 보지만요. 하지만 그 이상으로…… 옛날 일을 떠올리신 게 아닐까요."

"옛날 일, 이요?"

고도는 드물게도 진지한 표정으로 고개를 끄덕이더니

병실 창문 밖으로 시선을 던졌다.

오늘 아침, 미요가 집에서 나왔을 때는 맑았던 하늘이 묵직해 보이는 회색 구름으로 덮여 당장에라도 눈이 내릴 것 같은 날씨로 변해 있었다.

'낭군님과 고도 님의 옛날이라니…….'

카오루코를 만난 뒤로는 특히 더 궁금해서 견딜 수 없었던 키요카의 과거.

그의 충실한 부하인 고도의 입에서 무언가 듣게 되는 걸까. 미요는 조금 긴장했다.

"대이특무소대의 대장직은, 예전에는 제 아버지가 하셨거든요."

"고도 님의 아버지가요?"

"아버지는 존경스러운 이능력자였습니다. 강하고, 부하들도 잘 따르고. 저는…… 뭐, 그런 아버지에게 반발해서 유학 갔었는데요."

전부 처음 듣는 이야기들이다. 하지만 무엇보다.

──이능력자였다.

고도의 말이 과거형이라는 걸 깨닫고, 그의 아버지가 지금은 이미 이 세계에 없을 가능성을 깨달았다.

"아버지는 당시 아직 학생이던 대장님을 군대에 끈질기게 권유했어요. 자기 다음 대장으로 삼고 싶다면서요. 하지만 대장님은 군대에 소속될 마음은 없다며 제국대학에 진학했죠. 아버지는 그래도 포기하지 못하고 계속 설득하고──."

고도가 무슨 표정을 짓고 있는지는 모른다. 그는 이쪽을 일절 보지 않고 계속 창밖으로 시선을 던졌다.

"아버지는 어느 날 임무 중에 순직하셨습니다. 적이 강했어요. 다만, 만약 대장님이 아버지의 권유를 받아 소대에 들어갔다면 쉽게 이길 수 있는 상대였죠. 대장님은 황제 폐하의 명령으로 소대를 도우러 갔지만 늦어버렸죠."

"그건……."

미요는 당시 키요카의 심정을 상상하며 가슴을 눌렀다.

"물론 아버지가 죽은 건 대장님 때문이 아니죠. 하지만 유학에서 돌아온 저는 아버지가 죽은 건 너 때문이라고 대장님을 원망했어요. 그 탓에 대장님은 정도 이상의 자책감을 느끼고 결국 입대해버렸죠."

고도는 '후' 하고 작게 숨을 내뱉은 뒤 쓸쓸해 보이는 미소를 지으며 미요를 돌아보았다.

"아버지가 죽었을 때, 아버지 말고 다른 대원은 전원 무사했습니다. 아마 이번에도 저만 죽을 뻔했으니 대장님은 그때 일을 떠올리고 만 게 아닐까요."

"...... "

미요가 무슨 말을 하든 오답인 느낌이 들었다.

듣지 말 걸 그랬다는 생각은 하지 않는다. 하지만——.

"죄송합니다. 제가 들을 이야기가 아니었습니다."

"아뇨~ 제가 마음대로 떠든 것뿐이니까요. 미요 씨는 대장님에 대해 알고 싶으시죠?"

"어떻게?"

미요는 너무나도 정확한 고도의 추측에 눈을 동그랗게 떴다.

키요카는 미요에게 자신에 대해서는 그리 말해주지 않는다. 하지만 그렇기 때문에 알고 싶고, 그 바람은 키요카에게는 그리 기분 좋은 일이 아닐지도 모른다는 생각이 들었다.

그래서 아직 아무에게도 말하지 않았는데.

본인이 알리고 싶어 하지 않는 걸 파헤치는 건 좋지 않다. 미요도 그리 입에 담고 싶지 않은 과거는 얼마든지 있다.

'떠올리는 게 괴로운 기억은 가능하면 말하고 싶지 않고, 알려지고 싶지 않기도 하니까......'

하지만 키요카는 미요가 말하지 않았던 과거 대부분을 자신이 이미 알고 있다는 걸 알아차렸을 때, 무척 안심했던 것을 기억한다.

"어차피 말재주가 꽝인 대장님이니까 제대로 알려주지 않았겠거니 했죠. 아니나 다를까, 정답이었던 것 같아서 좀 황당하네요."

하하하 가볍게 웃는 고도의 표정에 조금 전의 그늘은 보이지 않았다.

미요는 저도 모르게 고도에게 질문을 던지고 있었다.

"──제가 직접 낭군님께 낭군님의 과거를 여쭤봐도 괜찮을까요."

건드리길 원하지 않는 과거.

당연히 키요카에게도 있을 터이다. 그걸 알고 싶어 해도, 말해주길 바라도 허락해줄까. 그에게 상처가 되진 않을까.

이런 건 미요가 직접 판단해야 하는 일이고 고도에게 물어봤자 의미 없지만. 무언가 뚜렷한 의견을 듣고 싶었다.

고도는 눈을 가늘게 휘며 드물게도 희미하게 미소지었다.

"아마 대장님은 직접 물어보는 걸 더 좋아하지 않으실까요? 분명 미요 씨에게라면 뭐든 털어놓고 싶다고 생각하실 겁니다. 어디까지나 제 추측이지만요."

"그럴까요……."

"대장님이 어떻게 생각하는지는, 미요 씨라면 이제 저에게 물어보지 않아도 상상이 가시지 않나요? 자신의 선택을 믿고 부딪치든, 물러나든 하면 될 겁니다~."

그의 말이 맞다.

미요가 키요카와 보낸 시간은 고도나 카오루코보다 훨씬 짧다. 하지만 미요는 미요 나름대로 약혼자를 이해하고 있다. 그걸 믿지 않으면 어찌하겠는가.

"감사합니다. 그렇게 해 보겠습니다."

"아, 만약 말수도 없고 붙임성도 없는 대장님에게 질리셨다면 부디 제게 와 주세요~. 미요 씨라면 대환영이니까요~."

씩 웃으면서 농담을 던지는 고도를 보며 미요도 웃으며 고개를 끄덕였다.

"네."

"만세."

"뭐가 만세라는 거지?"

마침 병실에 들어온 키요카의 날카로운 질문에 고도가 뻣뻣하게 굳었다.

"아뇨! 아무것도 아닙니다!"

진지한 얼굴로 경례하는 부하에게 키요카는 아주 잠깐

싸늘한 시선을 보냈다가 한숨을 쉬었다.

"미요, 슬슬 돌아가자. 만족했어?"

"네."

고도의 몸 상태는 걱정이었지만, 우선 기운이 넘치는 건 확인할 수 있었다.

지금 미요는 그리 자유로운 입장이 아니기에 다시 병문안을 올 수 있을지 알 수 없으나, 이로써 어느 정도 안심할 수 있다. 그건 아마도 키요카도 마찬가지일 것이다.

"또 와 주세요~."

"네가 빨리 나아서 복귀해야지, 멍청한 녀석."

"저는 조금 더 이 먹고 자는 생활을 만끽하고 싶으니 사양합니다~."

"…………."

"안심하십쇼. 남아도는 시간에는 제대로 우스이 나오시에게 복수할 방법도 완벽하게 생각해주겠습니다!"

손을 흔드는 고도에게 작게 마주 손을 흔든 뒤, 미요는 키요카와 함께 병실을 뒤로했다.

◇ ◇ ◇

상사와 그 약혼자가 떠나는 것을 지켜본 뒤, 고도는 침대 위로 상반신을 쓰러트렸다.

면회가 해금되자마자 이렇게 연달아 문병하러 와 주는 건 고맙지만 조금 피곤했다.

"역시 체력이 떨어졌어……."

치유 이능으로 받는 치료는 통상적인 치료에 비해 회복도 빠르고 후유증이 남는 일도 없이 깨끗하게 낫지만, 그만큼 치료를 받는 본인의 체력을 크게 소모한다.

그래서 순식간에 전부 깨끗하게 고치고 끝나는 게 아니라 입원이 필요하다.

하지만 그런 건 잘 알면서도 빨리 일에 복귀하고 싶다는 게 고도의 본심이었다.

'그렇지 않아도 전력이 필요할 때에 혼자 누워있을 수는 없지.'

뜻대로 되지 않는 상황이 답답해서 눈을 감고 끙끙 앓고 있었더니 잠시 후 다시 손님이 왔다.

본가 사람이나 가족이 온다는 이야기는 못 들었기에 누구인지 의아함을 느꼈다.

천천히 병실 문을 열고 들어온 사람은 어디선가 본 적이 있는, 군복을 입은 젊은 여성이었다.

"오랜만입니다, 고도 씨. 다친 곳은 어떠세요?"

"……너 진노우치 카오루코냐?"

"정답! 입니다."

익살스럽게 손가락을 딱 튕기는 그녀는 몇 년 만에 만나는 동료 진노우치 카오루코가 틀림없었다.

자신이 빠져서 생긴 빈자리를 메우기 위해 제도에 왔다는 건 알았지만, 설마 이렇게 혼자 병문안을 오다니 예상하지 못했다.

다만 몇 년 동안 연락하지 않았다고는 해도 그녀가 옛 수도로 배속되기 전에는 그럭저럭 친하게 지냈기에 그렇게까지 놀랄 일도 아니었다.

고도는 다시 상반신을 일으키고 숨을 내쉬었다.

"몸은 보다시피 꽤 괜찮아. 그나저나 너, 지금 근무 중 아니었어?"

의아해하며 묻자 카오루코는 조금 전까지 미요가 앉아 있던 나무 의자에 앉아 '걱정하지 마세요.'라고 대답했다.

"저는 미요 씨의 호위를 맡게 되었는데, 오늘은 오전에 쿠도 님이 같이 계신다고 해서 저도 휴가를 받았거든요."

"그렇구나."

카오루코는 근력이나 체력이 남성보다 약한 여성이면서도 실력이 좋다.

동성이라서 미요와도 함께 행동할 수 있는 범위가 넓으니 호위에는 제격이다.

"조금 전에 쿠도 님과 미요 씨가 오셨죠?"

작게 중얼거린 카오루코의 눈은 화병의 꽃과 바구니에 든 과일을 보고 있었다.

"그래. 대장님은 쌀쌀맞았지만."

"변함없이 사이가 좋으시네요."

고도가 어깨를 으쓱하자 카오루코는 재미있다는 듯 웃었다.

"진노우치, 일은 잘하고 있어?"

"나름대로 하고 있죠. 호위라고 해도 미요 씨와 함께 주둔소의 잡일을 처리하고 있거든요. 덕분에 지루하진 않네요."

그때 불현듯, 고도의 뇌리에 카오루코와 얽힌 기억이 되살아났다.

'그러고 보면 진노우치는──.'

그녀의 집은 제법 역사가 긴 유서 깊은 도장이다. 아버지가 도장의 사범이고, 그 집에 시집온 어머니가 이능력자 가문의 딸이었다.

어머니는 이능력자가 아니었으나 소위 격세유전으로 카오루코는 이능을 지녔다. 더해서 아버지에게 검의 재능도 이어받은 그녀는 전사로서 상당히 우수하다는 평판을 받았다.

그래서 키요카의 결혼 상대로 어떻냐는 이야기도 나왔
었다.

　'아, 그래서인가.'

　고도는 현황을 알아차리고 손을 들어 앞머리를 헝클어
트렸다.

　미요는 늘 움찔움찔 눈치를 보는 소녀이긴 하나, 오늘
은 특히 더 망설이는 기색이 보였다. 과거를 알고 싶다는
욕구의 이유는 여기에 있는 건지도 모른다.

　"진노우치."

　고도가 말을 걸자 화병의 꽃을 바라보고 있던 카오루코
가 돌아보았다.

　"네?"

　"너 말이야. ──아직 대장님에게 마음이 있냐?"

　카오루코의 눈동자가 크게 벌어졌다.

　"……무슨 소리죠?"

　"시치미 떼지 말고~. 옛날부터 좋아했잖아. 대장님."

　"저는, 딱히."

　시선을 돌리고 고개를 숙이는 그녀를 보자 짜증과 연민
이 치밀었다.

　고도는 자신이 특별히 날카롭다고 생각하지 않지만, 그
래도 같이 일을 하다 보면 그녀의 마음을 자연스럽게 알

아차릴 수 있었다.

키요카에게 카오루코는 단순한 직장 동료로, 수많은 약혼자 후보 중 한 명에 불과했을 것이다. 하지만 카오루코는 아니었다.

"나는 딱히 널 비난하고 싶은 게 아니야. 누가 누굴 좋아하든 말든 자유지."

"…………."

"하지만."

고도는 말을 끊었다.

굳이 카오루코에게 상처를 주고 싶은 건 아니다. 이 말을 하면 그녀는 울지도 모른다. 하지만 고도에게도 용서할 수 없는 것은 존재하니 어쩔 수 없다.

"너, 그 두 사람 사이를 휘저어놓는 짓은 그만둬라."

카오루코가 숨을 삼키고 고개를 들었다.

그 태도로 보아 이미 그녀가 무언가 괜한 짓을 했다는 건 명백했다.

"저는."

"모르는 척하지 마. 나는 누가 누굴 좋아하든 자유라고 생각하지만, 그런 건 아니라고 봐."

키요카에게 미요는 간신히 손에 넣은 안식처다.

계속 그의 곁에서 그를 보아온 고도이기 때문에 안다.

그 두 사람은 만나야 할 운명이었다. 서로가 서로를 치유하는 것이 그 두 사람의 삶이고, 거기에 다른 누군가가 끼어들 여지는 없다.

마음이 이뤄지지 못한 카오루코에게는 미안하지만, 공연히 그들의 마음을 어지럽히는 건 용서할 수 없다.

"······고도 씨가 뭘 안다는 겁니까."

쥐어 짜내는 듯한 카오루코의 목소리에 고도가 동요하는 일은 없었다.

"네가 그 두 사람을 훼방 놓을 생각이라면 틀렸다는 거야. 적어도 그 행위가 너를 포함한 그 누구에게도 도움이 되지 않는다는 건 알지."

"실례합니다!"

병실을 뛰쳐나간 카오루코를 붙잡는 일 없이 탄식했다.

남은 건 그녀 자신의 문제다. 하지만 지나친 참견이었을지도 모른다고 미약한 후회가 스쳤다.

'나는 언제부터 이렇게 오지랖을 부리게 되었냐~.'

카오루코에게는 원망을 받을 테지만, 키요카와 미요의 관계에 풍파를 일으키는 것보다는 낫다.

고도는 정말로 피곤해진 몸을 뉘고 얕은 잠에 들었다.

◇ ◇ ◇

병실에서 나온 뒤, 불현듯 키요카가 미요를 돌아보았다.

"잠시 밖을 걷지 않겠어?"

"? ……네."

그대로 별다른 말 없이, 들어올 때 지나간 문을 통과하여 군 부지 밖으로 나왔다.

주둔소에 갈 시각까지 아직 여유가 있다. 여느 때와 조금 다른 그의 제안에 미요가 반대할 이유는 없었다.

일반인으로 보이는 통행인이 거의 없는 문 앞의 길에서 좁은 길을 지나 대로로 발을 들여놓았다.

"미안하다. 추워?"

걱정하는 표정으로 묻는 말에 미요는 고개를 저었다.

하오리도 걸쳤고, 목도리도 하고 있으니 방한 대책은 잘 되어있다. 아무리 그래도 얼굴을 훑고 가는 공기는 계절에 걸맞게 차가웠지만 몸이 떨릴 정도는 아니었다.

"아뇨."

"그런가."

그 말을 끝으로 키요카는 다시 앞을 보며 걸어갔다. 하지만 제대로 미요가 따라갈 수 있는 느린 발걸음인 것이 그다웠다.

'낭군님, 답다.'

그렇게 느끼는 건 만난 뒤로 계속 그가 그렇게 행동했기 때문이다. 미요의 약혼자인 그는 그런 인간이었으니까. ……하지만 그 이상을 알고 싶다고 바라도 괜찮을까.

잠시 묵묵히 걸어가자 인적이 드문 공원에 도착했다.

나뭇잎이 거의 떨어져서 훤히 드러난 나뭇가지가 앙상하다. 이 계절과 날씨이니 아무래도 이러한 장소에 찾아오는 사람도 확 줄어든 모양이었다.

"저기, 낭군님?"

이쯤 되자 어디까지 가는 건지 불안해진 미요가 작게 말을 걸었다.

그러자 키요카는 걸음을 멈추되 돌아보지는 않은 채 혼잣말처럼 중얼거렸다.

"잠시 쉬었다 갈까."

장의자에 나란히 앉았다. 두 사람 사이에는 주먹 세 개 정도 들어갈 만한 거리가 벌어져 있었다.

미요는 여느 때보다 더 말수가 적은 키요카를 살폈다.

'기분이 나쁜…… 것도 아닌 듯한데.'

제법 읽어낼 수 있게 된 그의 표정으로 보아 심기가 불편하거나 화가 났다기보다는 고민한다는 게 정답 같았다.

하지만 그 이유까지는 짐작 가는 게 없었다.

"낭군님."

"왜."

무심코 다시 말을 걸어보았으나, 키요카는 이쪽을 보지 않고 대답했다.

"걱정거리가 있으십니까?"

막연히 이것일까 추측한 질문을 던져 보았다.

미요의 머릿속에는 고도에게 들은 이야기가 떠올랐다.

──고도의 아버지 이야기다.

하지만 갑작스럽게 그 화제를 꺼낼 용기는 없어서 어중간하게 물어보고 말았다.

"고도에게 무언가 들었나?"

키요카는 팔짱을 끼고 조용히 눈을 감으며 되물었다.

병문안 때 그의 태도는 명백하게 이상했다. 아마 키요카 본인도 자각하고 있다. 그래서 미요가 의아해하며 고도에게 물어보았을지도 모른다고 생각한 것이리라.

이런 것은 비겁한 행위였을까 불안해하면서도 미요는 용기 내어 대답했다.

"조금, 들었습니다."

"……그래."

"낭군님께선, 제가──."

흠칫 놀라 입을 다물었다.

어영부영 분위기를 타고 괜한 질문을 하려고 했던 게 아닐까.

'아니, 여기서 겁먹으면 안 돼.'

만약 그가 화내거나 슬퍼한다면 사과하자. 소극적으로 기다리기만 해도 해결되는 시기는 이미 지나갔다.

"제가 낭군님의, 과거를 알면 싫으십니까?"

키요카를 똑바로 바라보며 솔직한 말로 물어보자, 키요카가 숨을 삼킨 것이 들렸다.

"미요……."

"저는 낭군님에 대해 알고 싶어요. 전부가 아니어도 괜찮습니다. 다만 낭군님께서 저에 대해 아시는 것처럼 저도 낭군님을 알고 싶습니다."

카오루코를 만난 뒤로 절감했다.

미요가 아는 키요카의 모습은 확실히 키요카이긴 하나, 극히 일부에 불과하다. 약혼자인데도 미요는 주변 사람 누구보다 키요카에 대해 모른다.

'하지만 새삼 물어보면 안 되는 일인 것만 같았으니까.'

알아봤자 미요는 아무것도 해 줄 수 없다. 그래도.

주먹 세 개 만큼 벌어진 두 사람의 간격 사이에 올려둔 미요의 손에 그의 손이 살며시 겹쳐졌다. 단단하지만 따뜻한, 언제나 미요를 안심하게 해주는 손바닥이다.

"기뻐하는…… 건, 잘못된 반응이려나."

"네?"

"내 무엇이든, 네가 알게 되어 싫은 것은 하나도 없어."

그제야 키요카의 아름다운 눈동자가 이쪽을 향했다.

키요카는 미요를 배려해준다. 지금까지는 거기에 안주하기만 했다. 제 일만으로도 버거워서 키요카가 맞춰주는 것을 받아들이기만 했다.

하지만 그래서는 안 된다. 앞으로도 서로 버팀목이 되어 살아가고 싶으니까. 그렇기에 허락해준다면 그를 더 깊이 이해하고 싶다.

"하지만 나에 대해 알아봤자 딱히 재미있지는 않을 텐데."

"재, 재미있지 않아도 괜찮습니다!"

키요카가 쿡쿡 웃었다.

"하하하."

참을 수 없다는 듯 소리 내어 웃는 키요카.

미요는 이런 식으로 웃는 그를 처음 보았다.

"나, 낭군님! 왜 웃으시는 거죠?"

"아니, 미안해. 나는 여러모로 이상한 착각을 했던 모양이군."

"착각이요?"

고개를 갸웃거리는 미요에게 키요카는 웃음을 가라앉
히고 고개를 끄덕였다.

"한심한 이야기지만, 내가 이번 건으로 상상했던 것보
다 훨씬 동요했더라고. 그런 나를 너에게 보여주고 싶지
않았지."

"어……."

"시시한 허세야. 하지만, 사실 어쩌면 네가 나에게 질
려서 정이 떨어지는 게 아닌지 불안했었지."

예상하지 못한 설명에 미요는 무심코 눈을 깜빡였다.

질린다니, 정이 떨어진다니. 그런 일이 일어날 리가 없
는데.

"네가 내 곁을 떠날 리가 없다고 믿기는 했지만."

"당연하죠. 저는 낭군님께서 만약 떠나고 싶다고 말씀
하셔도—— 만약 정말로 떨어지게 되는 일이 일어난다고
해도 반드시 쫓아갈 거라고 결심했으니까요."

놀랄 정도로 솔직한 말이 술술 쏟아졌다.

절대 떨어지지 않겠다. 입에 담자, 그것은 새삼 미요의
결의가 되었다.

"안심해. 나도 네 손을 놓지 않을 거다."

"……네."

잠시 서로를 바라보다가, 미요가 중요한 것을 깨닫고

먼저 정신을 차렸다.

'지금이라면 여쭤봐도 괜찮을까.'

이걸 확인하지 않는다면 끝이 없다. 미요 본인도 물어보기 어려운 일이자, 그리 언급하고 싶지도 않은 일이긴 하지만.

굳게 각오하고 입을 열었다.

"낭군님."

"왜?"

"낭군님과 카오루코 씨는 연인이었나요?"

키요카의 미소가 순식간에 얼어붙었다.

"……왜, 그렇게 생각했어?"

"두 분 사이에는 약혼 이야기가 있었죠. 카오루코 씨는 무척 좋은 분이고 미인이고……. 제가 보는 한 낭군님께서도 싫지 않아 보였다고 해야 할까."

조금 전까지는 온화하게 휘어있던 키요카의 눈이 점점 무서워져서 말에 점점 힘이 사라졌다.

그렇지 않아도 차가운 공기가 한층 더 차가워진 것처럼 느껴지는 건 착각일까.

"싫지 않아 보였다, 고."

"저기, 그게."

"미안하다. 내 잘못이군."

화나게 한 걸까? 순간 간담이 서늘했지만, 키요카가 머리를 숙이는 바람에 깜짝 놀랐다.

"낭군님, 어째서……."

"진노우치와는 아무 사이도 아니야. 지금도 옛날에도."

"네? 하지만."

그렇게 사이좋아 보였는데 실제로는 아무 관계도 아니었다는 걸까.

카오루코는 키요카가 싫어하는 영애들과는 다르다. 아름다우면서도 타인에게 다정하고 사랑스럽다. 키요카도 특별하게 싫어하는 요소가 없으니 지금도 카오루코와 친한 것일 테고.

'가슴이 아파…….'

키요카가 카오루코와 아무 사이도 아니었다는 말을 듣고 크게 안심했다. 하지만 생각할수록 그 혼담이 결렬된 이유를 알 수 없었다.

"불안하게 했다면 미안하다. 처음에 설명하지 않았던 내 잘못이야. ……그러고 보니 최근 네가 무언가 하고 싶은 말이 있어 보였던 건 혹시 이 일인가?"

"네."

무서워서 물어볼 수 없었다. 만약 연인이었다는 대답이 돌아온다면 불안해서 견딜 수 없어졌을 것이다.

"하아. 이것도 지나친 생각이었나……."

"네?"

"아무것도 아니야. 돌아갈까."

"네."

군대로 돌아가는 도중, 키요카가 작게 중얼거리듯 말했다.

"미요. 다음부터 내 무언가를 알고 싶어지면 사양하지 말고 물어봐. 직업상 전부 대답하지 못할 수도 있지만, 최대한 솔직하게 말할 테니까."

"네!"

이럴 줄 알았다면 무서워하지 말고 더 일찍 물어볼 걸 그랬다. 미요는 기쁨으로 발걸음이 가벼워졌다.

◇ ◇ ◇

카오루코는 도망치듯 병원을 떠나 주둔소로 돌아왔다. 하지만 아직 오전이라 모처럼 받은 휴가가 남아있다.

따라서 막연히 아무도 없는 식당에 들어가 컵 안에서 찰랑거리는 수면을 바라보고 있었다.

『너 말이야. ──아직 대장님에게 마음이 있냐?』

가슴에 박힌 고도의 말을 몇 번이고 반추했다.

처음부터 알고 있었다. 자신의 이 마음은 절대 이뤄지지 않는다는 것 정도는.

그렇기에 10대 소녀였던 자신은 포기했을 터였다.

동경하는 사람에게 일말의 여지없이 혼담을 거절당하자 '아, 나는 환영받지 못하는구나'라고 이해했고. 그 후 며칠씩 눈물로 지새우며 식사도 목을 넘어가지 않을 만큼 우울에 잠겼다.

하지만 그 사람은 누가 보낸 혼담도 전부 거절했으니, 설령 동료로서라고 해도 곁에 있을 수 있는 자신은 특별하다고 다독이고 회복했다.

그랬는데.

그의 마음을 얻은 여성이 눈앞에 있자 가만히 지켜볼 수 없었다.

'나는 추해.'

분명 카오루코의 행동에 미요는 상처받았을 것이다.

그래도 그 모습을 보자 체증이 내려가는 것 같아 도저히 그만둘 수 없다. 질투에 지배당해 감정적으로 행동한 자신이 추악해서 구역질마저 날 것 같았다.

실제로 사이모리 미요를 만나 그녀와 지내는 사이에 뼈저리게 느꼈다. 카오루코는 미요에게 이길 수 없다.

'내 패배.'

미요 같은 나긋함도 우아함도…… 온화함, 순수함, 다정함도 카오루코에게는 없다.

키요카가 사랑하는 여성이 미요라면 아무리 노력해도 카오루코는 안중에 들어갈 리 없었다. 미요와 처음 만난 날 닮았다는 소리를 했지만, 여자로서 삶의 방식은 정반대일 정도이니까.

눈두덩이가 뜨거워진다. 눈앞에 있는 컵의 모습이 얼룩지며 일그러졌다.

'내가 더 숙녀다웠다면. 미요 씨처럼 될 수 있었다면…….'

키요카도 돌아봐주었을지도 모르는데.

그런 의미 없는 생각을 해버리는 자신이 진심으로 싫다.

"진노우치."

뚝. 손등에 미지근한 물방울이 떨어진 것과 동시에 조용히 이름을 부르는 목소리에 고개를 들었다.

"야부나가 씨."

어느새 근처에 서서 이쪽을 내려다보고 있는 사람은 이 식당의 주인이자 전직 군인 현직 요리사인 야부나가였다.

"무, 무슨 일이세요?"

점심시간을 앞두고 주방은 한창 바쁠 텐데.

카오루코가 묻자 야부나가는 묵묵히 들고 있던 새하얀

손수건을 내밀었다.

"곧 사내새끼들이 밥 먹으러 올 텐데 이런 속에서 훌쩍거리면 폐라고."

말하는 내용은 신랄하지만 바쁜 와중에 굳이 주방에서 나와 손수건까지 빌려주는 그의 행동에서는 숨길 수 없는 배려가 전해졌다.

"……감사, 합니다."

인사했더니 더욱 눈물이 흘렀다. 호의를 받아들여 그가 내민 손수건을 받아 물방울을 훔쳤다.

그러자 야부나가는 '흥' 하고 콧소리를 내더니 말없이 식당 출입구를 향해 턱짓했다.

"어?"

카오루코가 그쪽으로 시선을 옮기자, 식당으로 빼꼼 고개를 내밀고 이쪽을 살피는 미요의 모습이 있었다.

"빨리 왔네."

카오루코는 사양하는 미요를 식당 안으로 데려와 옆에 앉히고 그렇게 말을 꺼냈다.

조금 전까지 들고 있던 컵은 야부나가가 치웠고, 대신 뜨거운 녹차가 두 잔 놓여있다.

"중간에 다른 곳에 들렀으니 그렇게 빠르진 않을 텐

데요……."

미요는 작게 고개를 갸웃거리며 조심스럽게 말했다.

분명 그녀는 병문안 후 키요카와 오붓한 시간을 보낸 뒤에 돌아왔으리라는 상상이 들자, 카오루코의 마음속 상처가 다시 욱신거렸다.

징그럽다고 자신을 멸시해도 질투를 멈출 수 없다.

"저기, 카오루코 씨."

"왜?"

"……죄송해요."

대체 무슨 말을 할지 긴장했는데, 이어진 미요의 사과에 카오루코는 귀를 의심했다.

'왜 당신이 사과하는 거야?'

아무리 생각해도, 누가 봐도 사과해야 할 사람은 카오루코다. 미요가 아니다.

그러자 적반하장이라는 건 알고 있어도 점점 화가 났다. 최대한 추한 질투를 겉으로 드러내지 않으려고 조심했는데 다 우스꽝스럽다는 느낌마저 들었다.

"어째서?"

미요에게 물어보는 자신의 목소리는 생각했던 것보다 훨씬 낮았다.

하지만 미요는 카오루코의 변화를 알아차리지 못한 건

지 면목 없다는 듯 사과한 이유를 설명했다.

"제가 착각했었습니다. 카오루코 씨가 낭군님의 약혼자 후보였던 적이 있다고 듣고, 혹시 두 사람은…… 그, 특별하게 가까운 사이였나 하고."

카오루코는 무의식중에 주먹을 세게 움켜쥐었다.

미요가 말하는 특별한 관계였다면 얼마나 좋았을까. 몇 번을 꿈꾸었던가.

"저는 착각으로 카오루코 씨에게…… 아마도, 질투, 했었습니다."

그 말이 귀에 들어온 순간 카오루코의 감정이 단숨에 들끓었다.

"어째서!"

언성을 높이며 의자를 넘어트릴 기세로 일어나자 미요의 표정이 놀람으로 뒤덮였다.

그 고운 얼굴에 한층 화가 났다. 부당하든 뭐든, 이미 감정을 멈출 수가 없다.

"착각이 아니야. 착각이라는 말로 치워버리지 마. 확실히 특별한 사이는 아니었지만…… 나는 좋아했어!"

"…………."

"자신에게도 타인에게도 엄격하고, 하지만 누구보다도 동료를 위하고 강하지. 나는 그런 쿠도 님을 옛날부터 동경했어. 남성으로서 좋아했어. 당신이 나타나기 훨씬 전부터!"

범람하는 감정의 탁류를 제어하지 못한 채 쌓아두었던 불만을 미요에게 부딪쳤다.

"당신이 질투한 건 내가 그랬기 때문이야. 내가 먼저 당신을 질투해서, 당신보다 내가 더 쿠도 님을 이해하고 있다고 과시했으니까."

미요가 모를 과거 이야기를 꺼내며 틈만 나면 차이를 보여주려고 했다.

자신이 더 키요카와 오래 알고 지냈다. 추억이 많고, 더 깊이 이해하고 있다고.

카오루코가 얻지 못한 자리에 미요가 앉아있는 것을 인정할 수 없어서.

"카오루코 씨……."

"그런데 왜 당신이 사과해. 내가 잘못한 건데 당신이 먼저 사과하면 나는 어떡하라고."

완전히 트집이다. 미요도 이런 식으로 비난을 받아봤자 난처할 테고, 화가 날 것이다.

갈 곳 없는 분노와 슬픔과 미안함이 뒤섞여 혼탁해진 감정으로 카오루코는 힘없이 주저앉았다.

"미안해……."

눈물과 함께 자연스럽게 사과하는 말이 나왔다. 혼자 멋대로 화냈다가 울다가—— 우스꽝스러운 데다 성가신 자신이 너무 싫었다.

고개를 들 수 없게 된 카오루코를 향해 미요가 느릿느릿 입을 열었다.

"카오루코 씨. 저는 아마 지금 카오루코 씨의 마음을 이해해요. 저도 카오루코 씨와 처음 만났을 때부터 너무 부러웠으니까요."

"……나 같은 걸, 무슨."

미요가 부러워할 만한 요소는 하나도 없다. 하지만 그녀는 천천히 고개를 저었다.

"저는 카오루코 씨처럼 낭군님과 대등하게 서고 싶었습니다. 하지만 저는 싸우지 못하고, 이능도 아직 제대로 사용하지 못해요. 그래서 카오루코 씨가 부러웠습니다."

조금 거칠고 상한, 도저히 일반적인 영애와는 거리가 먼 손이 카오루코의 눈앞에 내밀어졌다.

"한 번 더 저와 친구가 되어주시겠어요?"

"…………."

"저희는 확실히 닮았을지도 몰라요. 하지만 분명 자신에게 없는 것을 서로 갖고 있으니까, 그래서 이렇게 질투하고 답답해하는 거겠죠."

자신에게 손을 내미는 그녀의 목소리는 잔잔한 수면과도 같이 조용하여 카오루코의 가슴속에 스르륵 파고들었다. 엉망으로 흐트러진 마음을 달래주는 것처럼.

'아, 정말로…… 내가 끼어들 여지 같은 건.'

처음부터 없었구나.

이미 오래전에 깨달았다. 미요는 키요카 곁에 서기에 걸맞은── 카오루코가 당해낼 수 없을 정도의 여성임을.

"……누군가와 서로 이해하는 건 어렵지만, 저희는 이미 충분히 서로를 잘 보고 있죠. 그렇다면 이전보다 더 친해질 수 있지 않을까요?"

이 손을 잡아도 괜찮을까.

카오루코는 답을 내지 못한 채 침묵했다.

'나에겐 한 가지 더, 비밀이 있어.'

들통나면 카오루코 본인은 확실하게 무사할 수 없다. 미요에게 심술을 부린 것보다 훨씬 중대하고 죄가 큰 비밀이다.

카오루코가 이 손을 잡으면 미요를 죄인의 친구로 만들어버릴지도 모른다.

하지만 유혹에는 이기지 못했다. 정신을 차리고 나니 이미 자연스럽게 그녀의 가느다란 손을 잡은 뒤였다.

"허락해준다면 다시 친구가 되고 싶어."

카오루코의 본심에서 나온 말에 미요는 따스하게 미소 지었다.

"네. 잘 부탁드립니다, 카오루코 씨."

미요와 서로를 이해한 기쁨과 강한 죄책감에 짓눌려버릴 것만 같은 기분을 느끼며, 카오루코는 울상을 지은 채 웃었다.

5장 두려움을 잊고

아라타는 제도의 여기저기를 돌아다녔다.

반드시 우스이 나오시를 붙잡겠다고 결심한 뒤, 대외용 신분인 교섭인 일도 쉬고 그의 족적을 추적하는 일에 전념하고 있다.

최근 제도는 아주 쌀쌀해졌다. 본격적인 겨울이다.

내뱉는 숨은 희고, 장갑을 끼고 있어도 손끝이 오그라 들어 움직임이 둔해진다.

우스이 가와 관련된 땅, 혹은 얼마 전 군대가 적발한 이 능심교의 거점 부근. 아라타는 홀로 우스이와 연관이 있을 법한 장소를 돌며 단서를 모았다.

그러나 아쉽게도 아직 우스이의 정확한 위치를 확보하지는 못했다.

'하지만 보이기 시작한 것도 있지.'

인파 속에 섞여 빠른 걸음으로 목적지로 서둘렀다.

우스이의 목적은—— 무언가 거창한 말을 늘어놓고 있긴 하나, 세속적으로 간단하게 뭉뚱그리자면 제국을 집어삼킨다는 소리다. 그렇다면 그 남자가 언젠가 반드시 노릴 대상이 있다.

'그건 황제의 신병.'

제국을 뜻대로 움직이고 싶다면 죽이든 살리든 황제를 적절히 다루며 그 권위를 손에 넣을 필요가 있다.

현재 실제 제국의 지배자는 황자인 타카이히토지만, 그쪽에 손을 대는 건 우스이라고 해도 어려울 터. 궁내청이 총력을 집결해 펼쳐둔 결계가 있기 때문이다.

이건 이능이나 주술 종류만이 아니라 지정한 물질조차도 튕겨낸다. 대상은 내부에서만 지정할 수 있으며, 거절할 대상으로 우스이를 설정하면 그 남자는 결계 내부로 침입할 수 없다.

아라타도 이 수비 태세가 절대적이라고 생각하지는 않으나, 당장 어떻게 할 수 있는 것도 아니다.

그렇다면 먼저 착수해야 할 대상은 황제다. 적어도 자신이 우스이였다면 그렇게 생각했을 것이다.

'황제보다 먼저 미요를 손에 넣으려고 할 가능성도 없지는 않지만.'

미요의 호위는 어느 의미 타카이히토보다도 엄중하다.

대이특무소대의 주둔소는 이능을 지닌 전사들의 소굴인 데다, 지금은 타카이히토를 보호하는 것과 동일한 결계를 쳐 놓았다. 아무리 우스이의 이능이 강력해도 손을 대는 것은 터무니없이 고생할 게 틀림없다.

역시 가장 먼저 무언가 일이 일어난다면 황제다.

지금 황제가 있는 곳은 궁성 외곽에 있는 작은 궁이다.

타카이히토가 있는 궁과 같은 부지 안이긴 하나, 황제는 이미 극도로 약해져서 거동하지 못하는 데다 계시의 이능도 없기 때문에 타카이히토에 비하면 경비가 약하다.

타카이히토의 궁이나 대이특무소대 주둔소와 같은 결계를 펼치려면 술자가 최소 10명 이상 필요하고, 결계를 유지할 때도 같은 수의 인원이 필요하다. 결계의 범위를 넓히면 필요한 술자는 더 늘어난다. 따라서 타카이히토와 황제 둘 다 결계로 보호하는 건 현실적이지 않다.

궁성의 문이 보이는 장소까지 도착한 아라타는 자연스럽게 주위를 둘러보았다.

'저건.'

그러자 아니나 다를까, 통행인 사이에 섞여 이상한 기척이 몇몇 느껴졌다.

"예의 인공 이능력자인가."

눈썹을 찌푸린 아라타가 혼잣말을 중얼거렸다.

이능력자가 아니라면 이 위화감을 알아차리는 건 어려울 것이다. 실제로 궁성의 문지기들은 아무런 반응을 보이지 않는다.

'하지만 이능심교의 움직임을 경계하면서 이런 경비라니, 궁내청의 대응도 너무 안이해.'

하다못해 경비에 이능력자나 술자를 여럿 배치해두어야 했다.

아니면 궁내청이 아직 우스이의 위험성을 진정으로 이해하지 못한 것인지도 모르나, 솔직히 말해서 어설프다.

아라타가 거기까지 생각했을 때였다.

"저건……!"

자동차 한 대가 문 근처에 정차하더니, 늙고 비쩍 곯은 기모노 차림의 남자가 여러 명의 부축을 받으며 궁성 부지 안에서 천천히 걸어 나왔다.

아라타는 그 남자의 정체를 잘 알고 있다. 과거 자신의 목적을 위해 거래한 상대.

'황제……!'

문지기들은 황제가 고작 몇 명만을 거느리고 궁성에서 나간다는 수상하고 엉뚱한 이 광경이 전혀 보이지 않는 것 같았다.

'우스이 나오시가 이 근처에 있는 건가?'

문지기와 통행인의 시야는 우스이의 이능으로 조작된 것이리라.

그렇다면 이 광경이 보이는 곳에 우스이가 있을 터이다.

'어디지?'

주위를 둘러봐도 아라타가 확인할 수 있는 범위에 우스이의 모습은 없다. 애초에 우스이가 자신을 인식하지 못하도록 이능을 사용했다면 아라타로서는 손을 쓸 수가 없다.

'일단 우스바 계열의 이능에 대항하는 수단도 없는 건 아니지만.'

본가에서 자료란 자료는 전부 뒤져가며 필사적으로 조사한 끝에 찾기는 찾았다. 오래된 기록인 데다 우스바 본가의 정보이기 때문에 아마도 우스이는 모를 것이다.

다만 신중하게 사용하지 않으면 우스이가 알아차리고 대책을 세울 가능성이 있다.

그러는 사이에 정차해둔 자동차에 황제와 남자들이 탔다.

"칫."

아라타는 드물게도 작게 혀를 차고는 식신을 만들어냈다.

어차피 여기까지 도보로 온 아라타는 자동차를 쫓아갈 방법이 없다. 먼저 식신을 보내 이대로 자동차를 추적하게 한 뒤, 아라타 본인은 나중에 따라갈 수밖에 없으리라.

그가 만들어낸 종이 식신은 둘.

하나는 위장 주술을 정성스럽게 부여하여 자동차를 쫓게 했다. 또 하나는 아라타의 식신이라는 걸 알 수 있도록 우스바 가의 인장을 붙이고 용건을 적어 대이특무소대 주둔소로 날렸다.

이로써 키요카도 무언가 행동할 터.

자동차가 누군가에게 제지당하는 일 없이 발진한 것을 확인한 뒤, 아라타는 달려 나갔다.

◇ ◇ ◇

미요가 카오루코와 처음부터 관계를 재구축하기로 한지 며칠이 경과했다.

계절은 벌써 완연한 겨울이 되었으나 상황은 여전히 변하지 않았다. 키요카와 함께 거의 매일같이 대이특무소대 주둔소에 드나들며 잡일을 처리하는 나날이다.

미요는 복도를 청소하며 조금 떨어진 장소에서 같은 작

업을 하는 카오루코를 보았다.

'카오루코 씨, 그대는 웃었는데…….'

그녀는 미요에게 질투해서 심술을 부렸다고 고백했다. 미요가 그것을 용서하고 응어리는 사라졌다 생각했으나.

카오루코는 의연하게 행동하면서도 문득문득 가라앉은 표정을 지었다.

미요도 자신이 진심으로 괜찮냐고 말할 수 있냐 묻는다면 대답은 아니오다. 언제 우스이가 눈앞에 나타날지 모르는 상황, 소대원들이 보내는 차가운 시선. 고민거리는 산더미 같았다.

하지만 카오루코는 어딘가 궁지에 몰린 것처럼 보이기도 해서 마음에 걸렸다.

얼핏 평화로웠던 일상에 사건이 일어난 것은 그런 날의 점심때였다.

청소를 마치고 주방에서 점심 준비를 도운 미요는 카오루코와 급탕실에 있었다.

물을 넣고 끓인 주전자가 칙칙 소리를 냈다.

"다과는 필요할까요? 조만간 점심을 먹을 시간이니…….'

"…………."

"카오루코 씨?"

과자 상자를 들고 옆에 있는 카오루코에게 물어봐도 대답이 돌아오지 않는다. 미요가 옆을 살피자 카오루코는 넋이 나간 사람처럼 허공을 바라보고 있었다.

"카오루코 씨."

"어?! ……아, 미안해."

재차 부르자 간신히 미요가 자신을 부른다는 걸 알아차린 모양이었다.

카오루코는 늘 일에 진지하게 임하며, 미요 호위 임무에도 방심하지 않는다는 건 잘 알고 있다. 하지만 지금은 완전히 의식이 다른 곳에 가 있었다.

대체 무슨 일인 걸까. 미요의 가슴 속 위화감이 커졌다.

"카오루코 씨. 어디 아픈 거 아니에요?"

"아, 아니야. 나는 건강해."

"하지만……."

몸이 문제가 아니라면 무언가 고민이 있는 걸까. 물어보고 싶지만 미요가 물어보기는 어려웠다.

카오루코는 키요카를 좋아했다. 미요가 키요카와 만나기 훨씬 전부터.

하지만 키요카가 선택한 사람은 그녀가 아니라 미요였다. 그런 관계이니, 아무리 친구가 되었다고 하나 미요가 카오루코의 고민을 파헤치는 것은 망설여졌다.

사실은 전혀 상관없는 고민일지도 모른다고 생각해도 역시 머뭇거리게 된다.

"걱정 끼쳐서 미안해. 아, 너무 평화로워서 긴장이 풀렸나 봐."

여느 때처럼 쾌활하게 웃었지만, 어딘가 어색한 인상이었다.

하지만 본인이 이렇게 말한다는 건 친구라고 해도 말할 수 없는 고민이리라.

'나만 친구가 되었다고 생각하는 걸까.'

그렇다면 그건 그거대로 슬프다.

결국 녹차를 따른 찻잔 세 개만 쟁반에 올린 뒤 두 사람은 키요카의 집무실로 향했다.

"낭군님, 미요입니다."

문을 두드리고 말을 걸자 바로 '들어와'라는 대답이 돌아왔다.

키요카는 변함없이 대량의 서류를 처리하고 있다.

현재 이능심교에 눈에 띄는 움직임은 없으나, 대이특무소대에는 이형과 관련된 안건을 다루는 통상 업무도 있다. 대원 중에는 현재진행형으로 이형을 퇴치하기 위해 지방으로 출장 간 사람도 있을 정도다.

'바쁘시겠지…….'

미요는 책상 위에 살며시 찻잔을 내려놓았다.

"낭군님. 곧 점심시간이니 잠시 쉬지 않으시겠어요?"

"그래."

키요카는 손을 멈추지 않고 건성으로 대답했다. 끈질기게 권하면 분명 일에 방해가 될 것이다.

카오루코와 얼굴을 마주 본 뒤 나란히 책상 옆을 떠나 집무실 안에 있는 소파에 앉았다.

"따뜻해라."

뜨거운 녹차가 차가운 몸속에 스르르 퍼져나간다. 옆에 앉은 카오루코도 조금씩 찻잔을 기울이고 있는데, 조금 전과 같은 심각한 모습은 이미 없다.

그때였다.

키요카가 갑자기 일어나더니 집무실의 창문을 벌컥 열었다.

"낭군님?"

무슨 일인지 의아해하며 고개를 들자, 창문을 통해 무언가 하얀 것이 날아 들어온 게 보였다. 저건 미요도 본 적이 있다. 이능력자가 연락용으로도 자주 사용하는 종이 식신이다.

식신은 바람을 타고 한 바퀴 회전하더니 키요카의 손바닥 위에 착지했다.

키요카는 곧바로 식신에 적혀있을 글자를 눈으로 훑었다.

"이건……!"

그가 눈을 부릅뜨는 것과 거의 동시에 집무실 문이 다소 거칠게 두드리는 소리가 들렸다.

"대장님! 무카데야마입니다!"

"들어와."

집무실에 들어온 무카데야마는 무척 당황한 기색이고 안색도 좋지 않았다.

"……!"

그러자 근처에서 숨을 삼키는 기척이 느껴져 미요는 카오루코를 돌아보았다.

"카오루코 씨?"

"아, 아무것도 아니야……."

말과는 달리 카오루코의 손도 목소리도 깜짝 놀랄 만큼 떨리고 있다. 명백하게 두려워하고 있다는 게 전해졌다.

'카오루코 씨는 내가 모르는 것을 알고 있는 걸까.'

사실은 미요가 모르는 곳에서 큰 사건이 일어났고, 미요만이 그 중대함을 눈치채지 못했——거나. 가능성이 없는 것은 아니나, 역시 좀 이상하다.

하지만 생각은 거기서 멈췄다.

키요카의 손이 거칠게 책상을 두드려서 실내에 커다란 소리가 울렸기 때문이다.

"폐하께 손을 대다니……!"

낮은 목소리에는 분노가 서려 있었다.

'폐하께 무슨 일이 생긴 거야?'

황제는 현재 아들인 타카이히토의 지시로 거의 유폐된 몸이다. 미요와는 악연으로 엮인 인물이기는 하지만.

설마 우스이 나오시가 마침내 움직이기 시작한 걸까.

심각한 표정인 키요카와 무카데야마를 보자 불안해서 심장이 크게 뛰었다.

"폐하의 행방은 현재 조사 중입니다. 발견하는 대로——."

"아니, 이미 현장을 목격한 우스바가 추적하고 있다. 행선지는 곧 알 수 있을 테지."

우스바라면 아라타를 가리킨다.

한동안 얼굴을 보지 못했지만 독자적으로 이능심교를 추적하고 있을 터. 그렇다면 역시 우스이와 이능심교가 움직인 것이다.

미요는 군침을 삼키며 두 사람의 대화에 귀를 기울였다.

"……믿을 수 있는 겁니까?"

우스바의 이름을 들은 순간 무카데야마의 표정이 떨떠름해졌다.

"우스바는 믿지 못하겠나?"

"우스바 아라타 개인을 그리 잘 아는 건 아닙니다. 하지만 그렇기에 우스이와 우스바가 결탁했을 가능성을 생각하게 되는 건 당연하다고 봅니다."

순간, 무카데야마의 눈이 미요 쪽을 본 것 같았다.

미요 나름대로 할 수 있는 일은 최대한 했다고 생각했으나, 아마도 아직 신뢰를 얻기에는 부족했던 모양이다. 이 시선의 의미는 그런 것이리라.

키요카는 무카데야마에게 아무 말도 하지 않았다. 그저 심각한 얼굴로 생각에 잠겼다.

'폐하께 무슨 일이 생겨서 아라타 씨가 쫓고 있다…….'

그렇다면 키요카는, 대이특무소대는.

미요는 무의식중에 키요카와 무카데야마의 대회에 끼어들었다.

"낭군님. 저는 여기에 있습니다. 그러니 폐하를."

"미요."

과보호하는 약혼자는 눈썹을 찡그리며 고개를 저었다.

"하지만 폐하를 구출해야 합니다."

미요도 우스이가 자신을 노린다는 걸 알면서 키요카와 떨어지는 건 불안이 크다. 하지만 황제의 명령을 따르는 이능력자로서 주군의 위험에 아무 일도 하지 않을 수는 없을 터.

이것이 미요가 낸 대답이었지만, 무카데야마가 난색을 표했다.

"자중해주십시오. 이것은 외부인인 당신이 끼어들 문제가 아닙니다."

날카로운 말에 반사적으로 몸이 뻣뻣해졌다.

"……면목 없습니다."

무카데야마의 말이 맞다. 군대의 움직임에 의견을 내는 건 주제넘은 짓이었다.

잘 생각해 보면 황제를 구하러 가야만 한다는 건 키요카도 무카데야마도 익히 알고 있을 것이다. 상대방이 이능심교인 이상 이능으로 대항할 수 있는 대이특무소대가 움직일 수밖에 없으니까.

정말로 괜한 발언이었다.

키요카가 조용히 입을 열었다.

"무카데야마."

"네."

"너는 여기 남도록. 주둔소의 수비를 맡긴다."

"네?!"

상사의 지시에 무카데야마의 눈이 휘둥그레졌다.

"어째서입니까! 주둔소의 수비가 중요하다는 건 이해할

수 있습니다만, 저도 이능심교를 쫓고 있습니다. 여기선 저희 반도 대장님과 동행하는 것이 맞지 않습니까?"

언성을 높이며 항의하는 부하를 앞에 두고도 키요카는 지극히 침착했다.

"중요하기 때문에 맡기는 거다. 불만 있나?"

"그건."

키요카는 그렇게 말하며 분한 듯 얼굴을 일그러트리는 무카데야마의 어깨를 두드린 뒤 무언가 귓속말을 했다.

흠칫 놀란 무카데야마의 시선이 미요의 대각선 뒤에 있는 카오루코를 향한 것을 알아차렸다.

'카오루코 씨……?'

조금 전부터 한마디도 하지 않는 그녀를 돌아본 미요도 당황했다.

카오루코는 자신을 향한 무카데야마나 미요의 시선도 눈치채지 못했다. 고개 숙인 얼굴은 창백하게 질렸고 작게 떨고 있다.

상태가 이상하다고 생각은 했지만 이건 좀 심상치 않은 게 아닐까.

"카오루코 씨, 안색이 너무 안 좋아요. 의무실에서 쉬시는 게 좋지 않을까요?"

가만히 있지 못하고 미요가 말을 걸자, 카오루코는 느

릿느릿 고개를 들었다.

"괜찮, 아."

말투엔 힘이 없고 입술도 떨고 있다.

걱정되지만 그녀 본인이 아무렇지도 않다고 하는 이상 억지로 보낼 수도 없다.

'무카데야마 반장님은 남아서 카오루코 씨를 살펴보는 역할도 맡게 된 걸까.'

미요가 카오루코의 어깨를 감싸 안듯이 부축하며 키요카와 무카데야마 쪽을 보자, 무카데야마는 체념한 듯 한숨을 쉬었고 키요카는 가볍게 고개를 끄덕였다.

"무카데야마, 바로 경비 배치를 확인해라. 추적반의 편성은 내가 하지."

"알겠습니다."

무바데야마는 빠른 걸음으로 집무실에서 나갔다.

키요카도 세워두었던 사벨을 허리에 찬 뒤 겨울용 코트를 걸치고 미요 앞으로 걸어왔다.

"진노우치, 너도 무카데야마의 지시를 따라 주둔소를 경비하도록."

"⋯⋯네."

카오루코는 새파랗게 질린 얼굴로 비틀비틀 집무실을 뒤로했다. 그 등은 너무 약해 보여서 미요의 가슴이 술렁거렸다.

"미요."

"네."

카오루코의 뒷모습을 배웅한 미요는 자신의 약혼자를 향해 몸을 돌렸다.

"들은 대로다. 나는 지금부터 주둔소를 비울 거야. 결계는 있지만 절대적이라고 할 수 없어. 거듭 조심하고. ……곁에 있어 주지 못해서 미안하다."

"아뇨. 아닙니다."

──무섭다. 또 우스이 나오시를 만날 것을 상상하면 움츠러든다.

하지만 결심했다. 하지 못하는 일은 못 한다고 인정할 수밖에 없다. 그러니 미요는 미요가 할 수 있는 최선을 다한다. 전력은 될 수 없어도, 키요카가 안심하고 돌아올 수 있도록.

미요는 공포를 누르며 웃었다.

"여기서 무사히 기다리겠습니다. 그러니 낭군님께서도 조심해서 다녀오세요."

키요카의 두 팔이 다가와 미요의 몸을 끌어당기더니, 다음 순간에는 품에 안겨 있었다.

그 팔은 강인하지만, 무척 다정하다.

"떨어지고 싶지 않아."

"……낭군님."

부끄럽지는 않았다. 다만 마음이 가는 대로 미요도 키요카의 등에 팔을 감았다.

"네게 무슨 일이 생기면, 나는."

냉혹하고 무자비한 군인. 그런 식으로 두려움을 받는 사람에게도 두려운 것이 있다.

무서운 건 다들 마찬가지다.

잠시 서로의 존재를 확인하듯, 기도하듯 두 사람은 조용히 끌어안고 있었다.

키요카는 두 개의 반을 이끌고 대이특무소대의 주둔소에서 출격했다.

미요는 카오루코와 무카데야마, 그리고 무카데야마의 반원들과 도장에 틀어박히는 태세로 대기했다. 실외, 문 주변은 또 다른 반 하나가 경계하고 있다.

카오루코는 조금 전보다 상당히 안정을 되찾은 모양이지만, 아직 얼굴에는 핏기가 없고 말수도 적었다.

"아무쪼록 돌발행동은 삼가시기 바랍니다."

무카데야마가 엄격한 어조로 충고했다.

미요나 우스바를 믿을 수 없다는 개인적인 감정도 있을 테지만, 그 이상으로 직무에 임하는 그의 강한 책임감으로 인한 것임을 알 수 있었다.

미요는 부정하지 않고 고개를 끄덕였다.

손에는 키요카에게 받은 부적이 있다. 참고로 예전에 받았던 것보다 더 강화된 개량형이라고 한다. 어딜 어떻게 강화해서 어떤 효과가 있는지는 가르쳐주지 않았지만.

미요는 도장 중앙에 정좌하고, 주변을 대원들이 에워싸는 형태로 수비를 갖췄다. 도장의 출입구는 하나. 어떤 사소한 변화도 놓치지 않겠다며 전원이 집중했다.

미요는 하늘에 기도하는 마음으로 부적을 움켜쥐었다.

'괜찮아, 괜찮을 거야.'

분명 키요카는 바로 돌아올 것이다. 그러니 그때까지 잠시 여기서 이렇게 기다리면 또 원래의 일상으로 돌아갈 수 있다.

도장에 침묵이 깔렸다.

다들 숨을 죽이고 이변을 감지할 수 있도록 귀를 기울이며 집중하고 있다는 걸 미요도 느꼈다.

그리고 기도도 덧없이 침묵이 깨졌다.

"결계가 풀렸다!"

무카데야마의 외침과 함께 그 자리에 있던 전원이 순식간에 일어나 경계 태세를 취했다.

미요도 한발 늦게 일어났지만 긴장해서 팔다리가 얼어붙었다.

'결계가. 어째서.'

키요카는 결계가 절대적이지 않다고 했었다. 하지만 그건 어디까지나 만에 하나. 엄중한 결계가 파훼 될 가능성은 아주 희박할 터인데.

"아아, 다들 모여서—— 이렇게 열렬하게 환영해줄 이야."

목소리를 들은 순간, 미요의 심장이 크게 뛰었다.

◇ ◇ ◇

키요카는 대원들을 이끌고 아라타가 가르쳐준 장소로 서둘렀다.

——황제가 궁에 없다.

조금 전 아라타에게 '궁성에서 황제를 데리고 나오는 걸 보았다'는 보고를 받았고, 뒤늦게 무카데야마를 통해 타카이히토로부터 온 연락을 들었을 때는 헛것을 들은 건지 제 귀를 의심했다.

하지만 그 타카이히토가 직접 보낸 연락과 아라타가 날린 식신에 적힌 소식. 두 개가 합쳐지면 황제의 신변에 무슨 일이 있다는 건 확실하다.

그리고 황제와 관련된 문제이니 대장인 키요카가 나서는 것은 필연이었다.

"우스바, 상황은?"

키요카가 부하를 데리고 지정된 장소에 도착하자 이미 아라타가 기다리고 있었다.

"폐하는 저쪽에 계십니다."

아라타가 가리킨 곳에는 바다 방면으로 이어지는 길이 나 있다. 황제 및 황제를 데려간 자들의 목적지가 바다와 관련이 있다고 한다면 아무래도 좋지 않은 예상이 들었다.

만에 하나 배를 타고 탈출하기라도 한다면 쫓아가는 건 어렵다.

"아무래도 폐하를 시해할 마음은 없는 듯합니다. 어쨌든 정중하게 대한다는 인상이었습니다. 항구로 가는 기색도 없고요. 아마도 황가의 별장이 있는 곳으로 향하는 게 아닐까 합니다."

아라타는 추적시킨 식신과 시야를 공유하며 그렇게 추측했다.

키요카에게도 이견은 없었다.

지금 시점에서 황제를 시해해봤자 이능심교에도 우스이에게도 이득은 없다. 군이 말하자면 우스이가 우스바 스미와 찢어진 원인을 만든 것이 황제이기 때문에, 우스이의 개인적인 원수이긴 하지만.

'별장을 잠복 장소로 삼기라도 한 건가.'

황가의 별장은 궁성이나 금지구역과 마찬가지로 궁내청의 관할이다.

호죠의 감시에 구멍이 뚫린 것도 그렇고, 이미 정부 내부에 이능심교의 영향이 퍼지기 시작했다고 생각해야 하는 건지도 모른다.

"우스이의 모습은?"

"현재는 보이지 않습니다. 폐하를 모시고 나왔을 때는 명백하게 우스이의 이능이 발동한 상태였습니다. 놈이 어떠한 형태로 엮여있다는 건 틀림없겠죠."

거기까지 들은 키요카는 턱을 매만지며 생각에 잠겼다.

정말로 이대로 황제를 추적해도 괜찮을까. 타카이히토의 요청인 이상 따르지 않을 수는 없다. 하지만 아무래도 지금 상황은 함정 같다는 느낌이 들었다.

'폐하를 미끼로 삼고 타카이히토 님이나 미요를 노린다. 가능성은 커.'

그렇기에 주둔소에는 신뢰할 수 있고 능력도 충분한 무카데야마를 두고 왔다. 고도가 없는 지금 그것이 최선이다.

하지만 실제로 우스이가 주둔소에 쳐들어온다면 키요카다 혹은 아라타 정도의 실력자가 아닌 이상 상대도 되지 않는다. 순식간에 제압당해버릴 것이다. 그 점에서 무카데야마나 카오루코로는 역부족이다.

이렇게 키요카도 아라타도 황제를 추적하는 상황은 바람직하지 않다.

"소령님, 주둔소로 돌아가시죠?"

별안간 아라타가 발언했다.

그의 표정에서는 아무런 감정도 읽을 수 없었다. 이능심교의 조사라고 불리는 인물이 우스이 나오시라는 걸 안 뒤로 아라타는 변했다. 아니, 대외용 가면을 자주 벗는다고 해야 할 것이다.

"······불가능해. 이 자리의 책임자는 나다. 이탈할 수는 없어."

아라타도 키요카와 같은 생각이라는 건 알지만, 제안을 받아들일 수는 없었다.

"하지만 소령님도 알고 계시잖아요? 폐하 유괴는 양동작전일 가능성이 있다는 걸. 아니, 이 표현도 정확한 건 아닐 수 있겠네요. 폐하—— 나아가 제국 전체를 무릎 꿇게 하는 권위를 손에 넣는 것도 저쪽에겐 이득일 테니까. 다만 1순위는 아마도."

"미요인가."

저도 모르게 으르렁거리는 듯한 낮은 목소리가 나왔다.

"그렇습니다. 우스이는 우스바에서 이탈한 몸이면서도 누구보다 우스바에 사로잡혀있죠. 그러니 놈에게 미요는 헤아릴 수 없는 가치를 지닌 존재일 겁니다."

말을 끊은 아라타가 키요카를 돌아보았다.

"결단을 내리시길. 소령님."

아라타의 눈동자에는 강한 각오의 빛이 보였다.

그걸 보자 직무에 얽매여 바로 미요를 지키겠다 선언하지 못하는 자신이 한심하게 느껴졌다. 하지만 그렇게 되리라는 걸 알면서 군대에 들어간 건 키요카 본인의 선택이다.

"나는——."

주둔소에 돌아가지 않겠다.

그렇게 말하려 한 것과 동시였다. 어마어마한 속도로 다가온 한 대의 군용차가 그들 앞에서 날카로운 브레이크 소리를 내더니 급정차했다.

"누구냐."

이미 여기에 있는 자 말고 누군가가 온다는 이야기는 듣지 못했다.

키요카가 묻자 자동차에서 군복을 입은 거구의 사내가 내렸다.

"키요카, 나다."

"소장 각하······?!"

탄탄하고 큰 체구를 지닌 그 모습은 틀림없이 대이특무 소대 전체의 책임자인 오오카이토 마사시였다.

오오카이토는 그들 앞에 당당히 서더니 소리 높여 지시했다.

"타카이히토 님께서 내리신 명령이다. 쿠도 소령, 귀관은 즉시 대이특무소대 주둔소로 귀환할 것. 다른 자는 현시점 부로 내 지휘하에 들어온다. 지금부터 폐하를 유괴한 반역자를 추적한다."

"각하, 그것은."

키요카에게는 바라마지 않는 명령이긴 하나, 그렇기 때문에 믿을 수 없어 무심코 언성을 높였다.

본래대로라면 지적을 받아야 하는 키요카의 반응에 오오카이토는 씩 웃었다.

"타카이히토 님께서 네게 대신 사과해달라고 말씀하셨다. ──네게 폐하를 쫓으라 한 것은 실수였다신다. 계시를 받아 지시를 내리는 게 늦어져서 면목이 없다고 말씀 하셨지."

계시를 받은 결과 키요카에게 이 명령이 내려왔다. 그 건 즉, 계시에서 주둔소에 키요카가 필요해지는 미래가 보였다는 소리다.

역시 우스이가 노리는 건 미요였다.

"명령 삼가 받들겠습니다."

키요카는 오오카이토에게 가볍게 머리를 숙여 인사하 고 몸을 돌렸다.

"소령님, 미요를 부탁합니다."

등 뒤에서 날아온 말에 고개를 끄덕여 대답한 뒤, 키요 카는 홀로 약혼자 곁으로 달려갔다.

◇ ◇ ◇

그 순간의 충격은 놀라움이라는 단어로는 표현할 수 없 을 만큼 컸다.

여기에 있을 리가 없는, 모습이 보이지 않는 자의 목소 리가 들린다.

"미요, 데리러 왔다."

이름을 불리자 미요는 숨을 삼켰다.

무척 가까운 곳에서 목소리가 들리는데, 그 사람——우스이가 어디에 있는지 알 수 없다. 속이 울렁거리고 오한이 들었다.

무카데야마와 카오루코가 즉각 미요를 감싸며 앞으로 나섰지만, 상대방이 보이지 않으니 대처할 수도 없다.

"우스이 나오시! 어디에 있냐. 나와라!"

무카데야마가 소리치자 목소리의 주인은 뜻밖에 순순히 모습을 드러냈다.

서서히 남자의 몸이 윤곽을 지니더니 단순한 배경이었던 시야 속에 인간의 형태를 이루어간다.

짧은 진갈색 머리카락에 동그란 안경. 이전과 다름없이 눈동자에는 사나운 빛이 어른거렸고 하카마에 톤비를 걸친 남자가 틀림없이 그곳에 서 있었다.

"환영에 감사하지. 하지만 더 편하게 들어올 수 있을 줄 알았더니, 예상했던 것보다 경비가 엄중하더군. 역시 쿠도 키요카라고 해야 할까."

무엇이 우스운지 하하하 웃는 우스이를 보니 소름이 돋았다. 누군가가 침을 삼키는 소리가 유독 크게 울렸다.

아무도 눈치채지 못하는 사이에 도장과 바깥을 이어주는 문이 활짝 열려있다. 아무래도 우스이는 정면으로 이능을 사용해 침입한 모양이었다.

우스이와 미요 사이에는 성큼성큼 걸어서 열 걸음 정도의 거리밖에 없다.

현재 우스이의 걸음은 멈춰있으나, 섣불리 움직이지도 못하고 이쪽 전원의 목숨이 우스이에게 달린 것이나 마찬가지다.

'대체 어떻게 해야 하지?'

우스이가 노리는 건 미요다. 이대로는 미요를 위해 대이특무소대 대원들이 다들 위험에 빠진다.

적어도 카오루코나 무카데야마는 미요를 호위하는 것이 임무인 이상 위험한 건 당연하다고 말할 것이다. 그건 사실이지만, 그렇다면 미요는 자신의 위기에 타인의 목숨이 소모되는 것을 그저 얌전히 지켜볼 수밖에 없는 걸까.

"어떻게, 들어왔지?"

시간을 벌기 위해서인지 무카데야마가 물었다.

우스이는 최대한 시간을 끌고 싶은 무카데야마의 속마음을 눈치채고 있을 텐데도 재미있다는 듯 눈을 휘었다.

그리고 그 입에서 나온 말은 귀를 의심하는 내용이었다.

"간단해. 나도 안에 들어올 수 있도록 내부에서 결계를 만져달라고 했지."

"무슨…… 헛소리를."

"아쉽게도 헛소리가 아니야. 믿고 싶지 않은 마음은 이해한다만."

미요는 자신의 팔로 제 몸을 끌어안듯 잡으며 필사적으로 떨림을 억누르려 했다.

결계의 자세한 구조는 이해하지 못했다. 다만 우스이의 말이 이 대이특무소대에 배신자가 있음을 시사한다는 건 알았다.

"대이특무소대에 이능심교와 내통한 자가 있기라도 하단 말인가?"

"그런 뜻으로 한 말이었는데 이해하기 어려웠나?"

"말도 안 돼……."

"현실을 보아야지. 이렇게 내가 여기에 있는 이상 누군가가 결계를 깨트릴 수 있도록 도와줬다는 건 틀림없으니."

무카데야마는 원통한 듯 입을 다물었다. 그 반응을 보고 우스이의 미소가 짙어졌다.

"어떻게 들어왔는지 가르쳐주지."

"…………."

느릿한 동작으로, 그 사나운 감정이 깃든 눈동자가 내통자를 향했다.

처음 미요는 자신을 쳐다본 것인 줄 알았다. 하지만 아니었다.

'어…….'

우스이의 시선은 카오루코를 똑바로 꿰뚫고 있었다.

"진노우치 카오루코 씨. 협력 감사하지."

술렁. 공기가 흔들렸다.

미요는 자신의 머리가 새하얘지는 것을 느꼈다.

강적 앞이라는 것도 잊고 대원들이 동요하며 수군거리는 것이 들렸다.

"카오루코 씨. 어째서."

어느새 미요는 멍하니 의문을 입에 올리고 있었다.

어깨를 흠칫 떤 카오루코는 천천히 뒤에 있는 미요를 돌아보았다. 그녀의 늠름한 미모는 종이처럼 희게 질려 핏기가 없다.

"나, 나는……."

"사실인가? 진노우치."

반장답게 동요가 느껴지지 않는 목소리로 무카데야마도 물었다. 입술이 바들바들 떨리는 카오루코는 전신이 절망으로 물든 것처럼 보였다.

"저는."

"솔직하게 대답하는 게 어떤가? 내가 지시한 것도, 네가 처한 상황도. 그러면 조금은 동정해줄지도 모르지 않나."

"…………."

카오루코는 말없이 떨리는 입술을 짓씹고 고개를 숙였다.

다들 군침을 삼키며 그녀를 지켜보고 있다. 그녀가 무슨 이야기를 할지 믿고 싶지 않은 마음으로 다음 말을 기다렸다.

하지만 침묵은 긍정이나 다를 바 없다.

도장 안에 무다케야마의 노호성이 울려 퍼졌다.

"진노우치! 뭐라도 말을 해!"

"마…… 말할 수, 없습니다."

카오루코는 떨면서 고개를 저었다.

우스이는 그런, 내분이 일어난 모습을 재미있어하며 방관하는 모양이었다.

"말할 수 없다니, 자신이 했다고 선언하는 것이나 다를 바 없다고 보는데. 깔끔하게 말해버리는 게 낫지 않겠어?"

카오루코는 우스이가 비웃는 것을 듣고 이를 깨물었다. 그러고는 소리쳤다.

"그래…… 그래, 그랬어! 당신의 말대로 결계를 조작했어. 그러니까 약속은, 아버지는 무사한 거지?!"

창백한 얼굴로 우스이에게 묻는 그녀의 모습에 전원이 말문이 막혔다. 무카데야마조차 카오루코를 응시한 채 입을 다물었다.

카오루코는 당황하는 동료들을 떨쳐내듯 우스이만을 빤히 바라보았다.

"물론 네 아버지도 본가의 도장도 무사하지. 처음부터 아무 짓도 하지 않았으니까."

"뭐……?"

"전부 너를 협박하기 위한 거짓말일 뿐이었어. 네 본가를 인질로 잡았다고 한 건. 고스란히 속아줘서 다행이지 뭐야."

거기까지 오간 대화만으로도 카오루코에게 무슨 일이 있었는지 알아차릴 수 있었다.

제도에 온 카오루코에게 본가를 인질로 잡았다는 거짓말로 협박하고, 억지로 일을 시켰다. 결계를 조작해 우스이가 주둔소에 침입할 수 있도록.

그래서 황제가 유괴당했다는 이야기를 들은 뒤로 그녀의 상태가 이상했던 것이다.

이대로 키요카가 주둔소를 비운다면 우스이가 온다는 것을 알고 있었으니까.

'너무해…….'

가족의 목숨을 담보로 배신을 강요당한 카오루코의 괴로움이 얼마나 컸을까. 계속 지독한 고통을 안은 채 하루하루를 보냈다고 생각하기만 해도 가슴이 욱신거렸다.

우스이가 노리는 건 미요다. 하지만 카오루코를 원망할 마음은 들지 않았다.

"그럴 수가……. 그럼, 나는, 뭘 위해."

카오루코의 무릎이 꺾였다. 아무도 그녀에게 해줄 말이 없었다.

하지만 무카데야마만은 분노하며 우스이를 노려보았다.

"사람의 마음을 갖고 놀다니……."

"하하하. 이런 건 단순한 장난일 뿐. 일일이 성을 낼 일도 아니거늘."

이 남자는 이상하다. 미요는 꿈속에서 본 과거를 떠올렸다.

어머니는 이런 남자를 좋아했던 걸까. 아니, 그럴 리가 없다. 이미 얼굴도 떠오르지 않는 어머니이지만 그녀는 타인을 배려할 줄 아는 마음을 지니고 있었다.

그렇지 않다면 미요를 사이모리가로부터 지키기 위해 이능을 봉인하지도 않았다.

'카오루코 씨를 울렸어.'

일부러 사람을 슬프게 한다. 그런 인간이 사람 위에 선다. 이 제국을 통솔한다. 상상만으로도 모공이 송연해지는 끔찍한 미래다.

우스이는 지금도 즐겁다는 듯 웃고 있다.

"꽤 재미있는 구경거리였어, 제군들. 그럼 슬슬 나도 목적을 달성하고 싶은데……."

"그렇게 둘까 보냐, 이 사악한 놈."

살기가 어른거리는 무카데야마의 흉흉한 욕설에도 우스이는 전혀 동요하지 않았다.

"쉽지."

우스이는 품에서 천천히 단도를 꺼내더니 검집에서 빼 들었다. 그리고는 걸어오기 시작했다.

무카데야마도 식은땀을 흘리며 허리에 찬 사벨을 뽑았다. 그러자 다른 대원들도 다들 사벨을 뽑았다.

"약혼자님. 제가 응전하여 시간을 벌 테니 그 틈에 도망치십시오."

미요가 놀라서 무카데야마의 등을 보았다.

"하지만."

"그게 저희의 임무입니다. 당신을 빼앗기지 않기 위해 여기에 있습니다. 당신도 각오하십시오. 당신의 임무는 무엇입니까?"

'내, 임무.'

설령 혼자 남는다고 해도 도망치는 것. 분명 그가 상정한 대답은 이것이다.

'나는, 정말 그래도 괜찮을까?'

이대로 미요가 여기를 벗어난다면 우스이는 미요를 쫓기 위해 방해하는 자를 전원 죽일 것이다. 그렇게 홀로 도망치고, 그 뒤에는?

미요는 붙잡힐 수 없다. 안다.

몽견의 힘은 위험하다. 만에 하나 잡혀서 카오루코처럼 협박당한다면 미요도 이능심교를 위해 이능을 사용해버릴 것이다.

"우선은 너부터 죽이도록 할까."

입가에 즐거운 미소를 머금은 우스이는 익숙한 동작으로 단도를 거머쥐었다.

"얌전히 당하진 않겠다."

"글쎄."

우스이의 단도와 무카데야마의 사벨이 정면으로 부딪쳐 날카로운 금속음을 냈다. 하지만 그 단 한 번뿐인 충돌로 싱겁게 승패가 갈렸다.

"무슨……!"

무카데야마가 든 사벨이 부러져 검신이 바닥에 떨어졌다. 무슨 일이 일어난 건지 미요는 전혀 보이지 않았다.

"약하구나."

우스이는 그렇게 중얼거리더니 호전적인 표정으로 무

카데야마의 목에 단도를 세우려 했다. 어마어마한 속도의 공격을 어깨를 스치는 정도의 피해로 회피한 무카데야마는 날카로운 돌려차기를 날렸다.

"네 이능은 신체 능력 강화 종류인 걸까. 위험해라."

발차기는 피했으나, 우스이는 몇 걸음 후퇴하여 다시 거리가 벌어졌다.

'이대로는……'

미요는 주위를 둘러보았다.

전방에서 솔선하여 우스이와 검을 나누는 무카데야마는 이미 어깨를 다쳤다. 깊은 상처는 아닌 듯하지만 피가 많이 흘러서 내버려 두면 곧 움직이지 못하게 될 것이다.

카오루코는 바닥에 주저앉아 고개를 숙인 채 힘이 빠져서 움직이지 못하고 있다. 당연하다. 본의 아니게 동료를 배신하고 말았다. 도저히 싸울 수 있는 정신 상태가 아니다.

미요의 좌우나 후방에서 사벨을 든 이능력자들의 얼굴에는 두려움이 번져있다.

문외한인 미요도 알 수 있었다. 이대로는 우스이의 뜻대로 농락당하다가 끝난다. 그리고 그건, 다름 아닌 미요 때문이다.

'내가 뭘 할 수 있다고.'

설령 무언가 했다고 한들 멋대로 움직이는 건 다른 사

람들의 발목을 잡아당기기만 할 뿐이 아닐까.

상당히 오래 고민한 느낌이 들었지만, 실제로는 충동적이라고 해도 좋을 정도로 기세에 맡겨 움직였다.

"미친……!"

다시 무카데야마와의 간격을 좁히려고 한 우스이 앞으로 뛰쳐나갔다. 등 뒤로 무카데야마의 욕설을 들었지만 흘려넘겼다.

"그만하세요."

두 팔을 벌리고 쏘아붙였다.

미요는 스스로 생각했던 것보다 더 침착했다. 심박수는 고통스러울 정도로 올라갔는데, 손끝은 얼음장처럼 차가운데 곧고 흔들림 없는 목소리가 울렸다

우스이는 입꼬리를 끌어올리더니 발을 멈추고 단도의 끄트머리를 아래로 내렸다.

"미요. 얌전히 아버지를 따라올 마음이 들었나?"

"아뇨. 저는 당신을 아버지라 인정하지 않습니다. 누군가에게 상처를 주고도 태연하게 웃을 수 있는 당신에게 협력도 하지 않습니다."

"……그래. 그럼 왜 앞에 나섰지?"

미요의 거절조차 우스이는 즐겁다는 듯 고개를 끄덕였다.

이 남자에게 말이 통할지 불안도 치밀었다. 공포도. 하지만 지금 여기에 있는 인간 중 가장 죽음의 위기가 적은 것은 미요 본인. 누군가가 다칠 바에야 미요가 앞에 나서는 게 훨씬 낫다. 부하가 다쳐서 슬퍼하는 키요카를 또 보게 될 정도라면.

'무카데야마 반장님처럼, 설령 조금이라도 시간을 벌면 지원군이 올까?'

사람들이 다치는 걸 보고 싶지 않다고 해서 우스이에게 잡힐 마음도 없다. 하지만 책략을 짜낼 시간도 없고 지원군이 올지도 알 수 없다.

알지 못한 채, 신중하게 우스이의 질문에 대답했다.

"당신은…… 저를 죽이지 않으니까요."

"정확한 판단이군. 구역질이 날 정도로 훌륭한 자기희생. 압도적이야."

"…………."

"다만 아버지는 그런 걸 아주 싫어한단다."

등을 타고 오한이 내달렸다.

우스이의 심기가 뒤틀리면 분명 몰살할 것이다. 미요도 몽견의 힘에 이용 가치가 있고, 우스이가 '딸'이라 생각하기 때문에 아직 무사할 수 있지만 그의 마음이 바뀐다면 목숨은 없다.

어떻게 하지. 이대로 계속 거절할까. 아니면 비위를 맞출까.

고뇌하는 미요를 뒤로 우스이가 말했다.

"네 어머니도—— 스미도 그랬지. 일족을 위해서라고 하며 사이모리 같은 하잘것없는 가문에 시집가다니. 어리석어. 정말로 어리석고 밉구나."

배를 잡고 웃기 시작한 남자의 눈동자에는 시커먼 것이 소용돌이쳤다. 그것은 진흙처럼 질척하게 달라붙는 무게를 지니며 모든 것을 태워버리는 불꽃이 검은 연기를 내는 것 같기도 했다.

'어머니는 어리석지 않아.'

지키고 싶었을 뿐이다. 길거리에 나앉기 직전이었던 우스바가를, 가족의 목숨을, 미요의 인생을.

미요는 어머니에 대해 거의 모르지만, 이것만큼은 이해할 수 있다. 왜냐하면 미요도 마찬가지니까.

'그래, 그렇구나.'

이 남자가 하지 못한 일. 지금 이능심교라는 조직을 만들어서 이루고 싶어 하는 일.

그것 또한 마찬가지일지도 모른다.

미요는 숨을 깊게 들이마신 뒤 아버지를 자칭하는 남자를 강하게 마주 보았다.

"저는 당신의 딸이 될 수 없고, 당신의 생각에는 찬성하지 못합니다."

"너도 내가 필요 없다는 거냐."

"어머니가 그렇게 말씀하셨습니까?"

"시끄럽다. ……네게는 교육이 필요한 모양이군."

단도를 든 반대쪽 손으로 머리카락을 헝클어트리며 으르렁거리는 우스이. 이제 시간 벌이도 한계인 모양이다.

하지만 마음속 어딘가에서 안심하는 자신이 있었다.

우스이의 반응으로 보아 미요의 아버지는 틀림없는 사이모리 신이치다. 눈앞의 남자가 아니다.

그토록 떠나고 싶었던 사이모리에 태어나 다행이라고 생각하는 날이 올 줄은 상상도 하지 못했다. 하지만 분명 안도했다. 사이모리 가에서 보낸 나날이 거짓 위에 형성된 것이 아니었다는 사실에.

각오를 굳히고 말을 이었다.

"저를 여기에서 데려가도 어머니를 구한 셈은 되지 않습니다. 당신이 구하고 싶었던 어머니는 이미 어디에도 안 계세요."

"아니야."

"저는 저입니다. 그러니 포기하세요."

확실히 미요는 우스바의 피를 이어받은 인간이다. 하지

만 사이모리에서 태어나고 자란 사이모리가의 딸이기도 하다. 사이모리 가에서 보낸 나날이 있었기에 지금의 미요가 있다.

사이모리 가에 시집간 어머니의 솔직한 심정은 모르지만, 적어도 미요는 우스이가 데려가 주길 바라지 않는다.

우스이 나오시라는 남자가 아무리 스미를 구하고 싶었다고 후회해도 지나간 시간은 돌아오지 않고, 대신이 될 존재는 없다. 미요는 그의 뜻대로 움직이지 않는다.

"얄팍해. 얄팍하구나, 미요. 네 세계는 너무 좁아. 내 목적은 그런 얄팍한 것이 아니야. 더 넓은, 바다를 보는 시각을 가져야지."

우스이는 웃었다.

"역시 억지로 데려갈 수밖에 없겠구나."

짧은 단도를 다시 들어 올렸다. 동시에 그 모습은 배경에 녹아들어 점점 보이지 않게 되었다.

"칫……. 모습을 지우면 손을 쓸 수가 없잖아."

눈으로 보이지 않고, 귀로 들리지 않는 사람을 상대할 수는 없다.

무카데야마의 초조함이 미요에게도 전해졌다.

"전원, 약혼자님 주위로 수비를 굳혀라! 우스이를 통과시키지 마!"

"무카데야마 반장님, 저는."

이래서는 결국 대원들의 희생을 피할 수 없다. 미요가 말하기 전에 무카데야마는 고개를 저었다.

"이미 한계입니다. 저희의 목숨이 아쉽거든 무사히 도망치는 것을 생각해주십시오."

"그건."

"진노우치, 언제까지 주저앉아있을 거냐! 일어나. 일어나서 싸워!"

무카데야마는 어깨의 상처를 지압하며, 여전히 움직이지 못하고 있는 카오루코에게 소리쳤다.

그러자 카오루코가 검집에 넣어둔 사벨의 칼자루를 꽉 움켜쥐는 것이 보였다. 그러고는 손등으로 눈가를 훔친 뒤 일어났다.

"미안해, 미요 씨. 내 잘못은 내 손으로 처리할 테니까."

"하지만…… 하지만."

눈이 빨개진 카오루코도, 군복이 피로 물든 무카데야마도, 사벨을 거머쥐고 주위를 경계하는 대원들도. 다들 마치 사지(死地)로 향하는 듯한 표정이었다.

전투가 벌어지면 미요는 무력하다.

"명심해라. 일제히 이능을 발동하지 마! 이능의 효과가 충돌하여 상쇄될 가능성이 있다!"

무카데야마의 지시에 대원들이 고개를 끄덕였다.

하지만 상대방은 역시 우스바의 이능을 지닌 이능력자였다.

"큭……?!"

별안간 미요 옆에서 경계하던 카오루코의 몸이 날아가더니 바닥으로 내동댕이쳐졌다.

"카오루코 씨!"

무심코 비명을 지른 미요는 팔을 세게 붙잡혔다.

"싫어!"

"너는 나와 가자꾸나. 여기에 있는 인간이 다치는 꼴을 보고 싶지 않다면."

귓가에서 속삭인 흉흉한 말에 소름이 돋았다.

'가기 싫어. 하지만…….'

미요가 우스이의 손에서 벗어나기 위해 몸을 비튼 순간, 차가운 감촉이 목에 닿았다. 그것이 우스이의 단도임을 바로 알아차렸다.

"자, 얌전히 있으렴."

그건 미요를 포함한 이 자리에 있는 전원을 향한 협박이었다.

이렇게 되면 아무도 우스이에게 손을 댈 수 없다. 그는 미요를 죽이진 않을 테지만, 쉽게 피를 볼 것이다.

"미요 씨……."

비틀비틀 일어난 카오루코가 미요를 불렀다.

'나는, 이제.'

칼날로 위협을 당하며 우스이에게 끌려 도장 입구로 걸어가는 이 상황에서 뇌리를 스치는 것은 소중한 사람의 얼굴이었다.

──낭군님.

아아, 드디어 알았다. 키요카를 생각하면 이렇게나 죽음이 두렵다. 떨어지기 싫다. 슬프고 괴로워서 눈물이 넘실거린다. 그토록 그에 대해 알고 싶었던 건. 카오루코와의 과거가 궁금해서 견딜 수 없었던 건.

이, 감정의 정체는.

"내 약혼자에게서 떨어져라."

순식간의 일이었다.

등 뒤에서 싸늘한 목소리가 들렸다. 동시에 이미 우스이의 몸은 바닥으로 쓰러져 등을 군화로 짓밟혔다.

갑작스럽게 자유로워져서 휘청이는 몸을 부드럽게 받아주었다.

"아…… 낭군, 님."

"늦어졌다. ──울었나?"

위를 올려다보자 가장 소중한 사람의 아름다운 미소가

보였다.

하얀 장갑을 낀 손끝이 미요의 젖은 뺨에 닿았다.

'당신을 생각하자 눈물이 나왔다니.'

절대 말할 수 없고, 들키기 싫다. 미요는 민망해서 빨개진 자신의 뺨을 손으로 가렸다.

"쿠도, 키요카……!"

이를 갈듯 키요카를 부른 우스이는 역수로 바꿔 든 단도를 자신의 등에 올린 발을 향해 휘둘렀다.

즉각 미요를 등 뒤로 감싼 키요카가 발을 치운 틈을 타 우스이는 지면에서 몸을 뒤집어 일어나더니 뒤로 물러났다.

이젠 그리 젊지 않을 우스이의 신체 능력에 어안이 벙벙해졌다.

"역시 돌아왔나."

"안타깝게도 이쪽에는 미래가 보이는 분이 계신다. 애초에 노골적인 양동작전이었으니."

"타카이히토 황자…… 그렇군. 이번에는 내 책략이 너무 안이했던 모양이야."

우스이는 무표정으로 어깨를 으쓱했다.

그에게 처음 같은 여유는 없었지만, 계획이 저지당했는데도 불구하고 딱히 아무런 감흥도 느끼지 않아 보였다.

마치 계획이 실패했다고 생각하지 않는 것처럼.

키요카도 우스이의 태도에서 느끼는 바가 있었던 건지 한쪽 눈썹을 살짝 꿈틀거렸다.

"우스이 나오시, 네놈에게 다음은 없다."

"아니, 이제 막 시작되었을 뿐이지."

진한 이목구비를 그리는 얼굴이 유쾌하다는 듯 일그러졌다.

그러자 돌연, 어디선가 나타난 커다란 물덩어리가 여럿 날아왔다.

"꺅……!"

미요는 반사적으로 눈을 감았다. 하지만 모든 물덩어리는 누구에게도 닿는 일 없이 키요카와 대원들의 손에서 흩어졌다.

"호죠인가."

키요카가 가볍게 혀를 차면서 언짢은 기색으로 중얼거리는 목소리를 듣고 미요가 눈을 뜨자, 이미 우스이의 모습은 없었다.

'끝난, 건가?'

또 이능으로 모습을 지웠을 뿐 근처에 있는 건지도 모른다. 그렇게 생각해도 이미 미요의 정신은 한계였다.

키요카가 있다.

그것만으로도 커다란 안심감이 차올라 털썩 주저앉고
말았다.

"미요?! 왜 그래. 어디 다쳤나?!"

깜짝 놀라 눈을 동그랗게 뜬 키요카가 부리나케 무릎을
꿇고 미요의 등을 부축해주었다. 우선 걱정은 끼치지 않
으려고 고개를 젓자 키요카는 안도하며 한숨을 쉬었다.

"죄송해요. ……왠지, 다리에 힘이 풀려버린 것 같습
니다."

"아니, 내가 달려오는 게 늦어졌기 때문이다. 무서
웠지?"

무거웠던 건 사실이지만. 그 이상으로 아무도 죽지 않
고, 미요도 우스이에게 끌려가지 않고 넘어갔다는 사실
에 안심했다.

미요는 떨리는 손가락으로 키요카의 코트 소매를 붙잡
았다.

"구해주셔서 감사합니다."

"네가 무사해서 다행이다."

차갑게 식은 몸이 끌어안겼다. 눈물은 나오지 않았으
나, 무척 울고 싶은 기분이었다.

"──바쁘신 와중에 실례합니다."

머리 위로 살짝 떨떠름한 듯한 무카데야마의 목소리가

들렸다.

키요카는 못마땅해 보이는 부하를 일별하며 코웃음을 쳤다. 그러고는 품 안의 미요를 마지못해 놓아준 다음 일어나 무카데야마를 노려보았다.

"뭐지."

"현재 부상을 입지 않은 대원들에게 우스이와 호죠가 숨어있지 않은가 주위를 확인하게 했습니다. 부상자는 이미 의무실로 운반했습니다. 다행히 중상자는 없습니다."

아마도 가장 심하게 다친 사람은 무카데야마 본인일 것이다. 이렇게 보고하는 사이에도 어깨의 상처를 지압하는 천이 붉게 물들어 있다.

"퍽 심하게 당했군."

"……면목 없습니다. 제 힘이 부족하여 약혼자님께서 전방에 서는 것을——, 윽!"

무카데야마의 말이 끝나기 전에 키요카의 손바닥이 그의 뺨을 갈겼다.

"나, 낭군님!"

"경호대상을 인질로 잡히다니 어처구니없군. 너는 대체 무엇을 위해 존재한 거냐. 주어진 역할 하나 제대로 완수하지 못하는 인간은 내 부대엔 필요 없다."

"네."

"그래서, 전방에 섰다는 건 무슨 뜻이지? 대답에 따라서는 징벌도 검토할 수밖에 없다만."

지금 키요카는 미요가 거의 보지 못한, 냉혹하다고 불리는 엄한 대장이 되어 있었다.

한편으로 조금 전까지는 그렇게 당당하게 대원들을 지휘하던 무카데야마가 움츠러들어 있다.

무시무시한 분노와 냉기를 발하는 상사를 앞에 두고 무카데야마는 우스이가 나타난 뒤로 일어난 일을 일말의 사견 개입 없이 모조리 보고했다.

"전부 제 책임입니다. 징벌이든 무엇이든 받을 각오는 되어있습니다."

키요카는 사죄하는 무카데야마의 허리를 펴게 했다. 다시 날카로운 소리를 내며 그의 뺨에 손자국이 남았다.

보기만 해도 아픈 광경에 미요는 입가를 손으로 가렸다.

"중년의 남자에게 일격에 검이 부러지고, 다치고──심지어 일반인, 그것도 경호대상에게 보호받았다? 너는 정말로 군인인가? 대체 어떻게 해야 이렇게까지 처참한 몰골을 보일 수 있는지 이해하기 어렵군."

"죄송합니다."

"사죄는 필요 없다. 네가 써먹지 못할 인간이라는 건 잘 알았으니. 바라는 대로 추후에 벌을 내리마."

"네."

"알았으면 빨리 가도록. 뒤처리 정도라면 너라도 할 수 있겠지."

"네. ……실례합니다."

잰걸음으로 달려가는 무카데야마의 등 뒤로 애수가 감돌았다.

그는 잘해준 것처럼 보였다. 그저 우스이가 너무 강적이었다. 그건 그의 책임이 아니고, 무카데야마가 버텨주었기 때문에 우스이의 습격을 받고도 거의 피해를 내지 않고 끝낼 수 있었다.

"낭군님, 무카데야마 반장님은……."

말을 하던 도중 입을 다물었다. 이걸 무카데야마 본인이 본다면 또 괜한 참견하지 말라고 혼낼 것이다.

하지만 키요카에게는 제대로 전해진 모양이었다.

"알아. 네가 여기에 있을 수 있는 건 무카데야마 덕분이지. 저 녀석은 우수한 남자다. 벌도 받겠지만, 나중에 활약한 만큼 치하도 할 테니 안심해."

"네. ……그리고, 저기."

마음에 걸리는 것은 또 하나.

미요는 대원들이 바쁘게 오가는 도장 안으로 시선을 던졌다. 그곳에는 이미 그녀의 모습은 없었다.

"카오루코, 씨는."

그 이름을 입에 담자 불길한 상상이 잇달아 머릿속에 떠올랐다.

군대에서 배신은 무거운 죄일 것이다. 만약 전장에서 누군가가 배신하면 치명적인 손해를 낼 수 있다. 그걸 방지하기 위해 사형조차 있을지도 모른다.

카오루코도 배신하고 싶어서 배신한 게 아니다. 하지만 결과적으로 적을 불러들이게 된 것은 사실이다.

그녀는 미요에게 소중한 친구. 그녀가 미요에게 어떤 감정을 품고 대했다 한들, 함께 보낸 시간은 즐겁고 반짝거렸다.

가슴이 아파서 고개를 숙이자 키요카의 커다란 손이 머리에 올라와 부드럽게 쓰다듬었다.

"기대는 하지 마라."

"…………."

미요는 씁쓸함을 뱉어내듯 한숨을 쉬었다.

하다못해 모처럼 사귄 친구의 목숨이 스러지지 않고 넘어가길 기도할 뿐이었다.

아라타는 오오카이토가 이끄는 대이특무소대의 대원들과 납치된 황제를 쫓아 황가의 별장을 찾아갔다.

물론 별장은 아무나 자유롭게 드나들 수 있는 장소가 아니다.

하지만 식신으로 쫓아가게 한 자동차는 곧장 그 방향으로 향하다가―― 도중에 모습을 감췄다.

"식신이 사라졌습니다……."

별장으로 가던 도중 멍하니 중얼거린 아라타의 말에 오오카이토가 반응했다.

"사라졌다고? 자동차의 행방을 알 수 없게 되었다는 말인가?"

"네. 눈치챈 건지도 모릅니다."

이 해안을 따라 난 가도는 외길이다. 길을 따라 계속 가면 별장이 있는 궁내청의 관할구역만이 존재한다. 이제 와서 아라타의 추적을 떼어낸다고 해도 의미는 없어 보였다.

다만, 그래도 없앴다고 한다면 무언가 목적이 있는 걸까.

이능이나 주술에는 완전한 문외한인 오오카이토는 얼굴을 찌푸렸다.

"지금은 어쨌든 갈 수밖에 없겠군. 이 길을 따라가면 반드시 궁내청의 경비와 마주치게 될 터. 우스이가 나오시의 이능은 물체를 투과할 수 있게 하는 게 아니잖아? 궁내청의 관할구역에 억지로 들어갔다면 흔적이 남을 거야. 그게 없다면, 어쩌면⋯⋯."

오오카이토가 흐지부지 흘린 뒷말의 내용은 예상할 수 있었다.

──국가의 중추가 이능심교에 침식되었다.

생각하고 싶지 않은 이야기이긴 하나, '이미'든 '앞으로'든 수습할 수 없게 되기 전에 상정해두어야만 하는 사태이긴 하다.

'또 하나의 가능성이 있다면⋯⋯.'

처음부터 황제는 여기에 오지 않았을 수도 있다.

아라타가 궁성 근처를 감시하는 걸 알아차리고 식신으로 쫓아가게 할 것도 전부 예측해서, 식신의 눈을 속이고 완전히 상관없는 장소로 유인했다──는 가능성이다.

이쪽도 아니길 바란다. 자칫 황제의 행방을 완전히 놓쳐버리게 되는 것만이 아니라, 아라타 본인과 나아가서 우스바가에 대한 신뢰 문제로 이어지게 되기 때문이다.

우스바를 향한 불신이 이 이상 커지는 건 곤란하다.

일행은 그대로 나아가 마침내 궁내청의 관할하에 있는 황가의 당에 도달했다.

돌담으로 둘러싸인 데다 부지 내부를 숲처럼 꾸며두어

울창한 상록수가 가로막아 안쪽이 어떻게 되었는지는 육안으로 확인할 수 없다.

문은 굳게 닫혀있었다.

'문지기도 무사하군.'

아라타는 문으로 다가가는 오오카이토를 씁쓸한 기분으로 바라보았다. 아무래도 불길한 쪽의 예감이 맞아버린 모양이다.

아니나 다를까, 아무도 여기를 지나가지 않았다는 문지기의 증언에 대이특무소대의 대원들도 동요를 보였다.

"일단 안쪽을 조사하지."

오오카이토는 그렇게 말했지만 수긍하지 못한 자도 많아 보였다.

대원들의 가시 돋친 시선을 받으며 아라타는 오오카이토의 뒤를 따라 황가의 부지에 발을 들여놓았다.

당연히 별장 안에 누군가가 들어간 흔적도 없고, 애초에 바닥에 인간의 발이 밟고 지나간 자국이나 자동차의 바퀴 자국도 없었다. 적어도 몇 시간 내로 사람이 온 사실이 없다는 건 명백했다.

아라타는 원래도 없었던 신용이 한층 더 떨어지는 것을 적나라하게 느꼈다.

"우스바의 거짓말이었던 거 아니야?"

"우스이에게 가담했을지도 몰라."

그런 수군거림이 들렸다.

"……철수하지."

오오카이토가 결단을 내린 것은 반나절 정도 부지 안을 샅샅이 조사한 뒤였다.

이 정도로 아무런 흔적도 없다면 황제를 태운 자동차가 이곳에 오지 않았다는 건 명백했다. 즉 아라타는 고스란히 환각에 속아 쫓아갔다는 뜻이다.

'젠장…….'

이래서는 한층 더 우스바의 입지가 나빠질 뿐이다.

"소장 각하."

아라타는 무심코 오오카이토를 불러세웠다.

이대로 빈손으로 돌아갈 수는 없다. 성과가 없으면 도저히 면목이 없었다.

"오늘 하루만이어도 괜찮습니다. 여기를 조사할 수 있도록 허가해주십시오."

"혼자 계속 조사하겠다고?"

"네."

억지라는 건 안다. 하지만 아라타에게도 얌전히 물러날 수 없는 이유가 있었다.

머리를 숙여 부탁했다. 그런 짓을 해봤자 소용없다는

목소리는 무시하고 계속 머리를 숙이자, 오오카이토는 크게 한숨을 쉬었다.

"허가하지. 만족할 때까지 조사하도록. 타카이히토 님께는 내가 보고하마."

"감사합니다."

"다른 대원은 이대로 제도로 귀환한다."

오오카이토와 대원들이 그대로 물러나고 아라타 혼자 남게 되었다.

혼자가 되자 자꾸만 자신의 미숙함으로 인한 짜증에 지배당한다. 우스이에게 농락당했다. 이 상황이 참을 수 없이 싫었다.

'어째서 이렇게.'

만약 우스이가 우스바를 원망해서 함정에 빠트리려 하는 것이라면 대성공이다. 이제 사정을 아는 사람들 사이에서 우스바의 이름이 혐오의 대상이 되는 건 시간문제일 것이다.

이러려는 게 아니었는데.

"젠장. 젠장!"

땅바닥을 걷어차며 끊임없이 욕을 뱉었다.

미요를 지키고 구하는 건 키요카에게 맡겼다. 아라타의 역할은 우스이의 꼬리를 잡는 것이라 생각했기 때문이다. 하지만 실제로는 무엇 하나 잡지 못했다.

짜증이 떠미는 대로 아라타는 정신없이 주위를 걸어 다녔다. 팔다리가 싸늘해져도, 코끝의 감각이 사라져도 아랑곳하지 않고. 계속해서.

하지만 아무리 찾아다녀도 단서는 없었다.

당연하다. 여기에는 아무도 오지 않았으니까.

어느새 해가 저물어 불빛 하나 없는 주변은 깊은 어둠이 깔리고 있었다.

"무의미…… 했던 거지."

지금의 아라타에겐 어둠보다도 제도로 돌아가는 게 더 무서웠다.

'어떤 반응이 기다리고 있을지.'

지조하고 있었더니 불현듯 등 뒤에서 발소리가 들렸다.

"──역시 남아있었나."

돌아본 아라타의 눈에 비친 것은 다소 피로가 어른거리는 우스이 나오시의 모습이었다.

반사적으로 품에서 총을 꺼내 총구를 겨누었다.

"너 때문에……!"

"나 때문이라고? 하하하. 이상한 소릴 하는군."

아라타가 방아쇠를 당기면 당장에라도 목숨을 빼앗을 수 있는데, 우스이는 여유로운 태도를 무너트리지 않았다.

"뭐가 우스운 겁니까."

"우습지. 네게, 우스바에게 편견을 지닌 사람이 누구지? 나인가?"

"그건⋯⋯."

아니다. 이러니저러니 이유를 붙이며 우스바의 본질을 보려 하지 않고 박해하는 건 우스이가 아니다. 다른 이능력자들이다. 군인들이다.

하지만 이 상황을 만들어낸 원인 중 하나는 틀림없이 눈앞의 남자다.

방아쇠에 건 손가락에 힘이 들어갔다.

"그런 말에 제가 현혹되리라 생각합니까?"

"아니, 그렇지는 않지. 이래 봬도 우스바의 이능력자를 높이 사고 있어. 이런 단순한 수법에 걸릴만한 수준은 아니지."

"잘 알고 계시는군요. 그렇다면 죽어주시길."

아라타는 진심으로 살기를 담아 말하고 있었으나 우스이는 이 상황에서도 '잠시 기다려보라고' 같은 소리를 했다.

"말은 그렇게 하지만, 너도 제도에서는 입지가 위태롭지 않은가?"

"성가시군요. 당신과 무슨 상관입니까?"

"나라면 너에게 조금 쉽게 살 수 있는 방법을 가르쳐줄 수 있을지도 몰라."

"……당신은 우스바를 증오하죠."

"글쎄. 다만 내가 네게 하고 싶은 말은 정해져 있지."

저녁놀을 받아 새빨갛게 물든 얼굴에 미소를 머금은 우스이는 느릿느릿 한쪽 손을 내밀었다.

"우스바 아라타. 이능심교에 들어오지 않겠나?"

멍청한 제안이다. 이런 한심한 권유를 누가 받아들인단 말인가.

따라서 아라타가 대답을 망설인 것은 지극히 찰나였다.

6장 앞으로의 마음

 우스이에게 습격을 받은 날 이후로도 미요는 키요카와 함께 매일같이 주둔소에 다녔다.

 단, 모든 것이 이전으로 돌아간 건 아니었다.

 우스이의 행방은 다시 묘연해졌는데 그는 여전히 미요를 포기하지 않았다. 당연하게도 미요의 자유는 이전보다 축소되었다.

 군대 상층부의 지시로 현재는 주둔소 내부를 자유롭게 돌아다니는 것조차 금지되어 집무실에서 일하는 키요카 옆에서 바느질 등을 하며 시간을 보내게 되었다.

 그렇지만 행동이 제한된 생활은 지금까지 주둔소에서 유유히 보내던 시간과 비교해 답답하고 회색빛인 것처럼 느껴져 마음이 어두웠다.

 매일 주둔소에 올 때마다 있을 리 없는 첫 친구의 모습을 찾았다.

하늘이 맑고 추위도 한층 심해진 이 날도 미요는 키요카의 집무실에서 뜨개질을 하며 한가함을 달래고 있었다.

"대장님, 잠시 괜찮겠습니까?"

문을 두드리는 소리와 함께 밖에서 무카데야마의 목소리가 들렸다.

"들어와."

"——실례합니다."

무카데야마의 모습을 보는 건 오랜만인 느낌이다.

그는 지난번 습격의 책임을 지고, 반장이면서도 심부름꾼 같은 일을 많이 담당하게 되었다고 한다.

무카데야마는 우스이에게 입은 상처는 완전히 좋아진 듯했지만, 긴장을 머금은 딱딱한 얼굴로 키요카의 책상 앞에 섰다.

"대장님, 약혼자님—— 사이모리 미요 양을 잠시 빌려도 괜찮겠습니까."

갑자기 무카데야마의 입에서 튀어나온 자신의 이름에 미요는 고개를 들었다.

부하의 요청을 들은 키요카의 표정은 매서웠다.

"내가 허락하리라 생각하나?"

"……안 합니다."

"그렇다면 헛수고로군. 돌아가서 일을 마저 하도록."

자신의 요청을 매몰차게 밀어내는 키요카를 향해 그는 조금도 망설이지 않고 재차 머리를 숙였다.

"부탁드립니다. 잠깐이어도 괜찮습니다."

"위험을 감수하면서까지 밀어붙일 의미가 있는 용건인가?"

"……부탁드립니다."

무카데야마는 허리를 직각으로 숙인 채 도통 고개를 들 기색이 없었다. 허락해줄 때까지 그 자리에서 움직이지 않겠다는 의지가 전신에서 흘러나왔다.

키요카도 그것을 감지한 모양이다.

"정말로 잠깐이면 되나."

"네."

"알았다. ……단, 나도 옆에서 듣도록 하지."

"상관없습니다. 감사합니다."

무카데야마는 그제야 자세를 원래대로 돌리고 조용히 미요를 향해 다가왔다.

어쩐지 급박해 보이는 그의 표정에 주눅이 든 미요는 들고 있던 대바늘을 내려놓고 자세를 바로잡았다.

"──잠시 시간을 내어주실 수 있겠습니까."

"넷, 네."

거절할 이유는 없었다. 애초에 거절해봤자 조금 전 키요카에게 했던 것과 마찬가지로 허락할 때까지 매달릴 것이라는 게 생생하게 느껴졌다.

무카데야마의 권유로 미요는 그의 뒤를 따라 장소를 이동했다.

아무래도 목적지는 도장인 모양이었다.

"미요, 도장은 추워. 괜찮나?"

"네. 괜찮습니다."

미요의 뒤를 따라온 키요카는 어딘지 모르게 걱정되는 듯 이쪽을 보고 있다. 하지만 무카데야마가 미요에게 해가 되는 일을 할 것 같지는 않았고, 추위도 하오리를 걸쳤으니 문제없다.

도장에 도착하자 안에는 아무도 없이 텅 비어있었다.

우스이와의 전장이 된 이곳은 당시 파손된 장소도 있었겠지만 이미 수리된 건지 말끔했다.

"죄송합니다. ……현재 누구의 방해도 받지 않고 대화할 수 있는 장소는 여기밖에 떠오르지 않았습니다."

이전 같은 당당한 태도가 아닌, 어딘가 힘이 없어 보이는 분위기가 감도는 무카데야마가 사과하기에 미요는 다급히 고개를 저었다.

"아뇨. 사과하지 마세요."

지금 주둔소는 몹시 분주하다.

경계하고 있었는데도 고스란히 우스이의 침입을 허락하고, 대원 중에 내통자마저 나와 버린 대참사.

더불어 아직 국민에게는 숨기고 있으나 황제도 사라졌고, 여기에 이능심교가 엮여있으니 이능으로 대항할 수 있는 대이특무소대가 동원되는 건 필연이다.

대원들은 전원 제도 여기저기를 돌아다니며 대처하고 있었다.

하지만 이 주둔소 내부에도 많은 대원이 움직이고 있기 때문에 차분하게 대화할 수 있는 장소는 한정적이다.

"――죄송했습니다."

무카데야마는 갑자기 힘차게 미요가 있는 쪽을 돌아보더니 다시 깊이 머리를 숙였다.

"네……?"

너무 뜻밖의 행동에 미요는 어안이 벙벙해졌다.

설마 그 무카데야마가 자신에게 머리를 숙일 줄은 상상도 못 했다. 눈앞의 광경이 믿어지지 않아 뒤에 서 있던 키요카를 돌아봤는데, 그는 딱히 놀라지 않은 모양이었다.

"저는 지금까지 몇 번이나 당신에게 거만한 태도를 보였습니다. ……당신을 적이라고 부르고, 힘이 없는 여성이라고 멸시했습니다. 편견이 없다고 호언장담해놓고 당신을 결코 인정하려 하지 않았습니다. 저는 어리석었습니다."

"그건, 사실이니까요……."

미요는 시선을 내리며 머뭇거렸다.

무카데야마의 말은 옳았다. 적어도 수긍할 수 있는 논리였고, 게다가 정면으로 던진 충고였으니 부당하게 얕잡아본다거나 멸시한다고 느낀 적은 없다.

미요에게는 우스바의 피가 흐르고 있고, 우스바는 다른 이능력자가 적으로 여겨도 이상하지 않은 입장이다. 이능력자로서도 미숙하며 검을 들지도 못한다. 유사시에는 단순한 짐이 된다.

전부 사실이다.

대원들이 카오루코를 험담하던 것과는 다르다. 그건 본인에게 들리지 않는 곳에서 한 것이고, 또한 카오루코는 힘을 보여주었는데도 그것을 무시했으니 미요도 이상하다고 여겼다.

"아뇨. 제가 틀렸습니다. ——그때…… 우스이 나오시가 공격했을 때, 당신이 앞에 나서지 않았다면 저를 비롯한 많은 대원의 목숨은 없었을 테죠."

"그건…… 하지만, 저도 지시를 무시해버렸으니까요."

미요는 자신의 행동을 떠올리고 민망해졌다.

보호받아야 할 입장이면서도 멋대로 움직였다. 굳이 따

지라면 혼나야 할 행동이다.

하지만 무카데야마는 '아뇨!'라며 큰 소리로 부정했다.

"사과하게 해 주십시오. 저는 당신을 완전히 얕잡아봤습니다. 당신에 대해 잘 알지도 못하면서. 이래서는 선입견으로 판단하는 어리석은 자와 다를 게 없습니다. 당신은 용감한 사람입니다. 당신이 모두의 목숨을 지켰습니다."

"저, 저기."

뭐라고 대답해야 할까. 본래 미요는 무카데야마에게 화난 적도 없었다.

그러자 키요카가 미요의 어깨에 가볍게 손을 올렸다.

"이 남자를 용서할지, 용서하지 않을지. 네가 정해."

"제가……."

그렇다면 용서고 뭐고 없다. 그에게는 잘못이 없으니까.

미요는 무카데야마를 똑바로 바라보며 입을 열었다.

"무카데야마 반장님은 잘못하지 않으셨습니다. 제 행동은, 그때는 운 좋게 작용했을 뿐이고 경우에 따라서는 모두를 위험하게 만들었겠죠. 그러니…… 그, 용서, 한 게 되려나요?"

"감사, 합니다."

힘이 없는 무카데야마의 목소리에서 그가 진심으로 고뇌한 것을 깨달았다.

분명 무거운 마음으로 계속 일했을 것이라 상상하니, 이제 충분하다고 느꼈다.

"무카데야마."

키요카가 부르자 무카데야마는 고개를 들고 '네.' 하고 대답했다.

"나는 네 대응이 전부 옳았다고는 하지 않는다. 너는 임기응변이 부족해. 더 좋은 방안도 있었을 거다."

"네."

"하지만 그건 어차피 결과론에 불과하지. 그리고 결과로 말하자면 아무 일도 없었던 시점에서 너는 틀리지 않았다는 게 된다."

"대장님……."

"이번 일로 네게 처분은 없다. 오히려 우스이의 습격에 아무런 판단도 내리지 못한 나에게도 잘못이 있지."

'그러니' 하고 키요카가 말을 이었다.

"앞으로도 네게 기대하고 있다. 열심히 일하도록."

"네. 알겠습니다."

무카데야마는 한 번 더 깊이 머리를 숙인 뒤 다시 미요를 향해 몸을 틀었다.

"앞으로는 조금씩 다른 대원들의 의식도 바꿔나갈 생각입니다. 당당하게 실력주의를 주장할 수 있는 조직이 되도록 저도 노력하겠습니다. 진노우치를 위해서도."

미요는 그저 천천히 고개를 끄덕였다.

무카데야마에게는 충분한 통솔력이 있다. 그런 그가 솔선해서 변화를 일으키려고 한다면 분명 잘 될 것이다.

다음 일을 하러 간다는 무카데야마를 도장에 남기고 미요는 키요카와 함께 집무실로 돌아왔다.

가는 일에 미요의 가슴을 점령한 것은 역시 친구 걱정이었다.

"낭군님. 카오루코 씨는……."

그 후로 그녀는 한 번도 이 주둔소에 모습을 드러내지 않았다. 현재는 군 본부에 구속되어 판결을 기다리는 몸이다. 중대한 배신행위를 저질렀기 때문에 당연한 처치라고 한다.

오오카이토의 보호하에 있기에 고문을 받거나 하지는 않는다는 게 불행 중 다행일까.

"걱정인가."

"그야, 당연하죠."

미요는 걸으면서 시선을 굴렸다.

이 복도도 저기에 있는 방도. 어디를 봐도 카오루코와 함께 보낸 시간이 선명하게 뇌리에 되살아났다.

좋은 기억만 있었던 건 아니지만, 처음 사귄 친구와의 추억은 무척 소중했다.

'쓸쓸해.'

옆에 그녀의 밝은 미소가 없으면 가슴에 구멍이 뚫린 것 같아 너무도 쓸쓸하다.

"배신을 용서할 수는 없어."

조용히 선고하는 키요카의 말에 미요의 마음이 서늘해졌다.

머리로는 안다. 외부인은 괜한 참견을 해서는 안 된다. 하지만 적에게 협력했다는 점 하나만 놓고 그녀의 미래가 전부 갈린다는 것이 괴롭다.

"카오루코 씨를 구해주실 수는 없나요."

어느새 미요는 걸음을 멈추고 바람을 입에 담았다.

이성이 다음으로 이어질 말을 막으려고 했지만, 움직이기 시작한 혓바닥은 멈추지 않았다.

"카오루코 씨는 본가를 지키기 위해 이능심교에 협력할 수밖에 없었던 것뿐입니다."

"네가 판단할 일이 아니야."

"압, 니다. 하지만."

거듭 애원하려는 미요를 향하는 키요카의 시선은 차가웠다.

"진노우치의 처우는 군대가 정한다. 네가 무슨 말을 해도 소용없어."

"……저는, 그럴지도 모르죠. 하지만 낭군님은 카오루코 씨를 구할 수 있지 않나요."

"나는 군의 규율을 어그러트리는 걸 돕지 않아."

약혼자의 음성은 여태껏 미요를 향했던 적이 없는 날카로움을 품고 있어, 조금 몸이 떨릴 것 같았다.

하지만 이것만큼은 도저히 양보할 수 없었다.

"낭군님께선 카오루코 씨가 어떻게 되어도 상관없다는 겁니까."

생각지도 않은 말이 입을 뚫고 나왔다.

키요카도 카오루코가 걱정될 것이다. 미요보다 훨씬 오래 알고 지낸 그녀를 그가 동료로서 염려하지 않을 리가 없다.

'하지만…….'

카오루코가 우스이를 따를 수밖에 없었던 건 미요 때문이다. 우스이는 미요를 데려가기 위해 카오루코를 이용한 것이니까.

미요 때문에 그녀가 이런 부당한 일에 휘말리게 되었다고 생각하니 가만히 있을 수 없었다.

"여기서 진노우치를 용서하면 본보기가 되지 않아. 억

지 부리지 마라."

"억지가."

아니라고 말을 하려다, 지금 자신이 하는 주장은 말 그대로 억지임을 자각했다. 완전히 어린아이가 떼를 쓰는 것 같은 언동이었다는 걸 깨닫고 입을 다물었다.

그런 미요에게 싸늘한 시선이 꽂혔다.

"진노우치 건은 포기해."

다른 누구도 아닌 키요카의 최후통첩에 거스르지 못하고, 그렇다고 그걸 뒤엎을 말도 없는 미요는 입술을 깨물었다.

◇ ◇ ◇

분주한 일상은 눈 깜짝할 사이에 지나간다.

어느새 연말이 되어, 내일이면 새해가 밝아온다.

어쩐지 감개무량한 기분을 맛보며 미요는 이날 쿠도가의 본저택에 있었다.

하즈키의 제안으로 낮에 친지들끼리 모이기로 했기 때문이다. 파티라고 할 정도는 아니나, 서로의 고생을 위로하자는 취지의 모임이라고 한다.

물론 연말연시는 가족과 보내는 것이 보통이므로 강제

참가는 아니다.

정확하게는, 이 모임 자체가 내버려 두면 한 해의 마지막 날에도 정월에도 가족과 만나지 않고 넘기려는 키요카 때문에 열린 셈인 듯했다.

"둘 다 어서 와. 기다렸어."

변함없는 호화저택에 압도당하면서 미요가 키요카와 함께 본저택을 찾아오자마자 하즈키의 열렬한 환영을 받았다.

조금 어두운 붉은색의 원피스를 입은 그녀는 오늘도 아름다웠다.

"누나……. 나잇값도 못 하고 촐싹거리지 마. 부끄럽게."

키요카가 질린다는 표정으로 타이르자 하즈키는 입술을 삐죽였다.

"시끄러워. 너야말로 나잇값 못 하고 미요 보면서 헤벌쭉하게 실실거리는 주제에."

"그런 적 없어. 헛소문 만들지 마."

미요는 두 사람의 대화에 무심코 웃어버렸다.

이 남매는 만나면 늘 이런 식이다. 자신과 있을 때는 절대 보여주지 않는 키요카의 표정을 많이 볼 수 있기 때문에 미요는 기쁘다.

두 사람은 담화실에서 식사 시간까지 기다리게 되었다.

그 후로—— 카오루코의 처우로 키요카와 언쟁한 뒤로 겉으로는 여느 때와 다름없는 반면, 서로 어딘가 어색한 심정인 채 지내왔다.

카오루코와 처음 만났을 때는 키요카와의 사이를 의심해서 복잡한 기분이었는데, 막상 키요카의 손으로 카오루코를 쳐낼 상황이 오려 하자 반감이 치솟았다.

'정말 이젠 어떻게 할 수 없는 걸까.'

바쁜 일상을 보낼 때는 신경 쓰지 않을 수 있는데, 이렇게 문득 시간이 날 때면 불안과 답답함이 고개를 쳐든다.

"미안하다. 누나의 폭거에 어울리게 해서."

이마를 짚으며 한숨을 쉬는 키요카의 말에 미요는 정신을 차리고 웃으며 도리질했다.

"아뇨. 폭거라뇨. 저도 언니를 만나고 싶었으니 기쁩니다."

"하지만 연말은 바쁘잖아."

확실히 이래저래 해야 할 일이 있지만, 밖에서 점심을 먹을 시간 정도는 있다.

이미 집의 대청소도 끝냈고, 요리도 할 수 있는 범위에서 준비는 해놓았다.

그나저나.

'오늘이 벌써 마지막 날이라니…….'

미요에게는 이전에도 앞으로도 이번뿐이라고 할 수 있을 만큼 올해는 노도와도 같은 한 해였다. 작년 이맘때는 본가의 추운 방에서 웅크리고 있었으니 엄청난 변화다.

키요카와 같이 살기 시작한 뒤로 아직 꼬박 1년을 채우지 못했다니 믿어지지 않는다. 본가에서 나온 뒤의 생활은 정말 눈이 핑핑 돌 정도라 전부 다 돌아볼 수 없을 정도다.

"바쁘지만 알찬 나날이라 즐겁습니다. ……옛날보다 훨씬 더요."

따뜻한 홍차가 담긴 찻잔을 들고 모락모락 올라오는 김을 바라보았다.

"그런가. 그렇다면 다행이다만."

둘이 함께 있는 이 조용한 시간이 무엇보다 좋다.

결코 떠들썩하지 않고 걱정거리도 있지만, 즐겁고 행복하다. 작년까지의 자신이 올해의 자신을 본다면 분명 믿지 못하고 망상으로 치부할 것이다.

별다른 이야기를 하는 일도 없이 때때로 차를 홀짝이며 가만히 기다리자, 계속해서 손님이 도착하는 기척이 문 너머에서 전해졌다.

조금 세게 문을 두드린다 싶더니 담화실의 문이 힘차게 열렸다.

"안녕하세요! 대장님, 미요 씨."

활기차게 나타난 사람은 크게 다치고 입원했던 고도
였다.

"……시끄러운 녀석을 불렀군."

"앗, 대장님. 그런 말씀을 하시다니. 제가 없어서 고생
하지 않으셨어요~?"

'대장님도 참~' 하면서 웃는 고도는 다치기 전과 다름
없이 기운이 넘쳐 보였다.

"고도 씨. 이제 다친 곳은 괜찮으신가요?"

미요가 묻자 고도는 고개를 끄덕였다.

"물론이죠. 걱정 끼쳤습니다! 부상은 이제 완전히 나았
고, 오히려 생각했던 것보다 퇴원까지 시간이 걸려서 울
분이 마구마구 쌓였다고요!"

"다행이에요."

고도 다음으로 담화실에 나타난 사람은 아라타였다.

"다들 모여계시는군요."

여느 때처럼 단정하게 정장을 갖춰 입은 사촌오빠는 딱
히 특기할 게 없다. 하지만 미요에게는 그게 마음에 걸
렸다.

그날, 주둔소가 우스이에게 습격을 받은 날의 일을 미
요도 들었다.

아무래도 그는 황제 유괴 때 겉으로 보이는 상황에 농락당해 아무런 성과도 얻지 못한 일에 책임을 느끼는 모양이었다. 그 뒤로 집에도 거의 돌아가지 않고 우스이를 추적한다며 걱정하는 할아버지, 요시로가 미요에게 상담했다.

무리도 아니다. 그 일로 사정을 아는 자들 사이에서 우스바가를 향한 비난이 한층 심해졌다.

우스바가의 긍지를 걸고 아라타는 자신의 실패를 용서할 수 없는 것이다.

'분명 내가 아라타 씨였다고 해도 똑같이 행동했을 거야.'

속이 타서 가만히 있을 수 없다. 아마도 그런 기분일 게 틀림없다.

하지만 그렇기 때문에 아라타를 만난 건 정말 오랜만이다.

일단 겉으로는 평소와 똑같아 보이지만 그리 믿을 수 없다. 그는 자신의 감정을 숨기는 것에 능숙하므로, 밝아 보이는 겉모습과 내면은 아마 크게 괴리되어 있을 것이다.

"미요. 건강히 지냈습니까?"

"아, 네. 아라타 씨도 건강하신가요."

"덕분에요. 뭐, 고민은 산더미 같지만요."

미요가 아라타와 대화하자 키요카는 떨떠름한 듯 콧소리를 냈다. 그걸 들은 아라타가 키요카에게 살짝 도발적인 시선을 보냈다.

"소령님. 그렇게 속이 좁으시면 미요도 갑갑해할 걸요."

"오지랖이 넓군."

이런 경쾌한 응수도 퍽 오랜만이다.

그 후 카즈시가 와서 고도와 마주치고 또 시끄러워지기도 하고, 하즈키의 친구들에게 인사를 하는 등 바쁜 시간을 보내는 사이에 점심이 가까워졌다.

그리고 마침내 마지막 손님이 찾아왔다.

담화실 창문 너머로 보인 광경에 미요는 제 눈을 의심했다.

"카오루코 씨?"

목소리가 조금 떨렸다.

갑자기 저택 앞에 자동차가 멈춘다 싶더니, 계속 만나고 싶었고 걱정했던 친구가 나타났다.

하얀 셔츠에 군복 바지를 입고 기장이 긴 코트를 걸친 그녀는 미요의 친구 진노우치 카오루코가 틀림없었다.

카오루코는 마찬가지로 자동차에서 내린 오오카이토와 함께 현관으로 들어왔다. 키요카와 고도는 상사의 모습을 보고는 인사하기 위해 현관홀로 나갔다.

미요도 두 사람의 뒤를 따라 문으로 다가가 그 상황을 지켜보았다.

"어서 와. 진노우치 씨."

"시, 실례합니다."

마중 나온 하즈키에게 카오루코가 조금 뻣뻣한 목소리로 인가한 뒤 보자기로 감싼 선물꾸러미를 건넸다. 하즈키는 고맙다고 인사하며 웃은 뒤 이어서 오오카이토를 향해 몸을 돌렸다.

"당신도 수고했어."

"아니. 어차피 진노우치를 해방하려면 내가 입회해야만 했으니까. 크게 수고한 것도 없지. ──키요카, 요시토. 너희도 이번 휴가 동안에는 푹 쉬도록 해라."

"네."

"알겠습니다~."

두 사람의 대답에 고개를 한 번 끄덕인 뒤 몸을 돌린 오오카이토를 하즈키가 불러세웠다.

"이대로 돌아가게?"

"그래야지. 아무리 그래도 내가 이 저택에 오래 머무르면 부모님의 심기가 불편해지잖아. 아사히도 내가 돌아오길 기다리고 있고."

"그래. 아, 잠깐 기다려."

하즈키는 오오카이토의 말에 부드러운 미소를 지은 뒤 사용인에게 무언가 꾸러미를 가져오게 시켜서 오오카이토에게 건넸다.

"이거. 아사히에게 주는 선물이야. 아버님과 어머님께는 비밀로 해줄래?"

"알았어."

꾸러미를 받아든 오오카이토와 미요가 순간 눈이 마주쳤다. 꾸벅 인사하자 조용한 눈인사만이 돌아왔다.

오오카이토가 저택을 떠나는 것을 지켜본 뒤 일동은 한숨 돌렸다. 미요만이 곧장 카오루코에게 달려갔다.

"카오루코 씨!"

"아…… 미요 씨."

오랜만에 보는 친구는 전보다 조금 야위었고 안색도 그리 좋다고 할 수 없었다.

그렇게 어딘가 양심의 가책을 느끼는 듯 시선을 떨어트리는 친구의 손을 미요가 주저 없이 붙잡았다

"카오루코 씨, 건강히 지내셨어요?"

"응. ……저기."

카오루코는 눈썹꼬리를 내리고 현관에 모여있는 사람들을 둘러본 뒤 힘차게 머리를 숙였다.

"정말로, 정말로 폐를 끼쳤습니다! 죄송합니다!"

뚝. 물방울이 현관 바닥 위로 떨어져 얼룩을 만들었다.

카오루코의 배신은 결코 용서받을 수 없는 행위다.

하지만 어쩔 수 없는 일이기도 했다. 본가의 도장과 이능력자가 아닌 아버지를 인질로 잡혔다고 생각하면 그녀는 그렇게 할 수밖에 없었다.

지독한 죄책감에 시달렸을 그녀의 심정을 상상하자 가슴이 아팠다.

"──진노우치, 고개 들어."

그렇게 말한 사람은 키요카였다.

천천히 얼굴을 든 카오루코의 눈동자는 눈물로 젖어 있었다.

"어차피 각하께 크게 질타를 들은 뒤일 테니 우리가 할 말은 없다."

"대장님……."

"누나, 다 모였다면 바로 시작하는 게 낫지 않아?"

키요카는 발걸음을 돌려 하즈키에게 제안했다. 그 말에 하즈키도 쾌활한 미소로 대답했다.

"그래. 그럼 여러분. 오늘 점심은 서양을 따라 입식형식으로 해 봤어. 대식당으로 이동하자."

미요는 이동하기 시작한 사람들의 흐름에 섞이지 않고 카오루코의 손을 잡아당겼다.

"카오루코 씨도 가요."

"……미요 씨. 미안해."

"이제 사과하지 마세요."

카오루코는 딱히 무죄방면된 것은 아닐 터이다. 키요카에게서도 그럴 수는 없다고 들었다.

벌을 받으면 죄가 사라지냐고 묻는다면 그건 아니다. 하지만 계속 비난해봤자 아무도 행복해지지 않는다.

"저는 카오루코 씨가 친구가 되어줘서 진심으로 다행이라고 생각해요. 게다가 카오루코 씨가 이렇게 돌아와서 기쁩니다. 카오루코 씨는 아닌가요?"

미요가 묻자 카오루코는 고개를 저었다.

"나도 또 미요 씨와 대화할 수 있게 되어서 기뻐. 이런 나라도 친구로 지내도 돼? 불쾌하지 않아?"

"전혀요. 그러니까 앞으로도 친하게 지내주세요."

"응, 응……."

또다시 눈물이 그렁그렁 맺힌 친구를 보고 무심코 웃어버린 뒤, 미요는 그녀와 함께 오찬회가 열리는 식당으로 향했다.

종장

보글보글 끓는 냄비에 소바를 넣었다.

긴 젓가락으로 냄비 안을 휘젓자 따뜻한 김이 올라왔다.

'오늘은 무척 즐거웠어.'

쿠도가 본저택에서 열린 오찬회에서 돌아와 날이 거의 저문 무렵. 미요는 집 부엌에서 한 해의 마지막을 기념한 저녁 식사를 만들고 있었다.

그리 많지 않은 인원이 모인 모임이었으나 무척 즐거웠다.

가득 놓여있던 신기한 서양의 요리가 맛있었고, 자유롭게 이동하며 다양한 사람과 대화하는 것도 흥미로우며 무척 알찬 시간이었다.

"아차."

딴생각을 하는 바람에 소바를 너무 오래 삶아버린 느낌

이 든다. 미요는 허둥지둥 냄비를 불 위에서 치우고 숨을 돌렸다.

뜨거운 소바를 한 가닥 집어 후후 식힌 뒤 입에 넣었다. 카케소바를 만든다면 조금 더 꼬들꼬들한 게 좋았겠지만, 우선은 허용범위인 것 같다.

'불기 전에 빨리 먹어야겠어.'

미요는 재빠르게 두 개의 대접에 삶은 소바를 담고 뜨거운 간장 육수를 부었다. 그 위에 미리 튀겨놓은 튀김을 올리고 향신채로 파를 곁들였다.

튀김은 주로 새우와 대구, 채소다.

"잘 된, 걸까."

해넘이 소바를 만드는 건 처음이었지만 유리에에게 미리 만드는 법을 들어두어 다행이었다. 그렇다고 해도 소바는 삶기만 하면 되고, 튀김은 몇 번이나 만든 적이 있으니 그리 어렵진 않았다. 간장 육수의 맛은 유리에가 직접 전수해줬다.

오늘 밤은 해넘이 소바 외에도 무와 당근을 사용한 채소 조림에 배추겉절이, 그리고 비장의 청주도 준비했다.

그릇으로 가득한 부엌은 그것만으로도 화사하다.

"후후."

간장 육수의 냄새를 맡기만 해도 안도감이 든다.

현실은 즐거운 일만이 아니고 불안도 많다. 격동의 나날 속에서 누적된 피로도.

하지만 오늘은 12월 31일. 내일부터는 정월 연휴다. 그 기간 정도는 평온하게 보내고 싶다. 키요카도 평온하게 보내길 바란다.

"낭군님, 저녁 준비가 끝났습니다."

"그래."

거실로 나가자 키요카는 찡그린 얼굴로 서류를 읽고 있었다.

하즈키에게는 본저택에서 자고 가지 않겠냐는 권유를 받았으나 조금도 주저하지 않고 거절했다. 분명 그 이유 중 하나가 이것일 것이다.

연말연시라서 일단 출근하지 않고 쉬고 있으나, 현안 사항이 많다 보니 휴일이라고 해도 보고서는 다소나마 올라온다. 긴급사태가 일어나지 않는다는 보장도 없으니 그도 할 수 있는 일은 해두고 싶으리라.

미요는 밥상에 그릇을 올려놓으며 말을 걸었다.

"……저기, 잠시 쉬시는 게 어떤가요."

"그래. 미안하다."

일단 건성으로 대답한 키요카는 저녁상이 차려지는 것을 알아차리고 펼쳐놓았던 서류를 정리하기 시작했다.

그런 약혼자 앞에서 미요는 새삼 그를 마주 보고 고개를 숙였다.

"낭군님, 감사합니다."

갑자기 왜 그러냐며 키요카가 미약하게 숨을 삼키는 기척이 났다.

"뭐가."

"카오루코 씨 건이요. 낭군님께서 카오루코 씨를 구해주신 거죠?"

본저택에서 오간 키요카와 카오루코의 대화를 떠올렸다.

키요카의 태도는 쌀쌀맞아 보였으나, 그건 결국 카오루코를 용서했다는 뜻이다. 미요가 부탁해서 카오루코를 용서했다는 자만에 젖을 생각은 없다. 하지만 처음 생긴 친구를 잃지 않을 수 있었다는 게 기뻤다.

"네게 인사를 받을 이유는 없어."

고개를 돌리는 키요카의 눈동자에 분노의 빛은 없다.

"앞으로 이능심교와의 싸움도 격렬하질 테지. 귀중한 전력이 아쉬워졌을 뿐이다."

이능심교라는 단어에 흠칫하며 다시 새로운 불안이 스멀거렸다.

"무슨 일이 있었나요."

"아니. 오히려 아무런 진전이 없다는 보고가 올라왔다.

다만 그 보고 중에도 무언가 단서가 될만한 것이 있을지도 모르니까."

"……이능심교는 못 찾았습니까?"

"그래. 대체 폐하께서 어디에 가신 건지, 그것조차 알 수 없다. 지금은 아직 얌전히 있지만 그렇기 때문에 무언가 큰 꿍꿍이가 있을 가능성도 있지."

우스이는 주둔소를 습격했다가 키요카에게 반격을 받았다. 하지만 그때 그의 태도는 딱히 아쉬움이 없어, 도저히 계획에 실패한 사람처럼 보이지 않았다.

──무언가 좋지 않은 일이 일어나려 하고 있다.

그건 문외한인 미요도 생생하게 느껴졌다.

키요카는 숨을 내쉰 뒤 미요의 손을 부드럽게 잡았다.

"괜찮아. 최대한 빨리 어떻게든 할 테니. 불안해하지 말…… 라는 건, 어렵겠지."

"네."

다정한 손바닥에 격려를 받은 미요는 작게 웃었다.

한 해의 마지막 밤은 조용히 깊어갔다.

둘이서 해넘이 소바를 먹고 한숨 돌렸을 때는 밖에 눈이 내리고 있었다.

"내리기 시작했군."

미요가 복도로 이어지는 장지문을 열자, 그 틈새로 보인 풍경에 키요카의 눈이 가늘어졌다.

거실 전등의 불빛이 툇마루로 흘러나가 허공에서 춤추는 하얀 꽃잎을 비추었다. 정원에는 이미 설탕을 뿌린 듯 얇게 쌓이기 시작했다.

"눈……."

겨울도 눈도 미요는 좋아하지 않았다.

화로도 없는 본가의 좁은 방에서는 매년 지독한 추위로 고생했기 때문이다. 하지만 이렇게 따뜻한 집안에서 보는 순백은 무척 아름답고 은밀하며 환상적이었다.

"미요."

이름을 부르는 목소리에 뒤를 돌자, 키요카는 바깥을 바라보며 술잔을 기울이고 있었다.

"이쪽으로 와."

"네."

시키는 대로 미요는 키요카 옆에 앉았다.

"올해는 좋은 해였다. 너를 만났으니까."

옆에서 들린 보드라운 목소리.

'하지만 그렇게 말하자면 내가 더…….'

작년 이맘때는 상상도 못 했다. 추워서 얼어 죽길 바라는 일이 없는 겨울이 오다니.

이렇게나 떼어놓기 어려운, 애틋한 사람과 만나게 되다니.

"네. 저도…… 같은 마음, 입니다."

그렇게 입에 담은 순간 몸이 옆으로 끌려가── 입술이 맞닿았다.

두 번째 입맞춤은 희미한 술 냄새가 났다.

제야의 종이 울린다.

눈이 쌓인 연말은 두 사람을 정적으로 감싸며 안온하게 흘러갔다.

후기

여러분, 건강히 지내셨나요?

드디어 못 읽겠다 · 못 쓰겠다 · 못 기억하겠다는 펜네임이 침투하여 최근에는 '의외로 괜찮지 않나?'라고 착각하기 시작한 아기토기 아쿠미입니다.

드디어 『나의 행복한 결혼』도 4권이 되었습니다. 데뷔작이면서 이렇게까지 계속 낼 수 있다는 게 믿어지지 않는 기분입니다.

이번에는 3권에서 이어지는 내용으로, 그 사람이 대체어떻게 되어버렸는지 궁금하던 분도 계셨을 텐데 어떠셨나요? 슬슬 결혼하나! 하고 기대하셨던 분께는 죄송합니다. 아직입니다.

4권쯤 되자 등장인물이 많이 늘어났습니다. 이번에 주

목할 신캐는 폭발한 그 사람 말고는 처음 나오는, 이름이 붙은 키요카의 부하들입니다. 지금까지는 어디까지나 미요가 주인공이므로 대이특무소대에 대해서는 그리 언급하지 않았는데, 신캐들의 등장과 더불어 이쪽 배경이 조금 더 선명해지지 않았을까요.

그리고 새삼스럽지만 이 이야기는 미요의 성장물이기도 합니다. 새 등장인물들과 엮이면서 그녀도 한층 더 성장했으면 좋겠다고 작가로서도 바라면서. 작중에서는 봄으로 예정된 결혼식까지 시련은 계속 이어집니다. 괜찮습니다. 분명 두 사람이라면 어떻게든 되겠죠!

코우사카 리토 선생님의 만화판도 스퀘어 에닉스의 『강강 ONLINE』에서 절찬! 연재 중입니다. 게다가 이 『나의 행복한 결혼』 4권이 발매될 무렵이면 만화판 제2권도 발매되니 그쪽도 잘 부탁드립니다.

마지막으로 이번에는 역대 최고로 이래저래 아슬아슬한 상황이라 담당편집자님께는 대단히 폐를 끼쳤습니다. 죄송합니다. 감사합니다.

또 4권에서도 상상을 초월하는 아름다운 표지 일러스트를 그려주신 츠키오카 츠키호 선생님. 정말로, 진짜로 감사합니다.

그리고 여기까지 읽어주신 독자 여러분. 덕분에 이야기

를 계속 써나갈 수 있습니다. 감사합니다.

그럼 또 만나요.

WATASHI NO SHIAWASENA KEKKON Vol.4
©Akumi Agitogi 2020
First published in Japan in 2020 by KADOKAWA CORPORATION, Tokyo.
Korean translation rights arranged with KADOKAWA CORPORATION, Tokyo.

나의 행복한 결혼 4

2024년 3월 15일 1판 1쇄 발행

저　　　자	아기토기 아쿠미
일 러 스 트	츠키오카 츠키호
옮 긴 이	현노을
발　행　인	유재옥
이　　　사	조병권
출판본부장	박광운
담 당 편 집	정영길
편 집 1 팀	박광운 최서영
편 집 2 팀	정영길 조찬희 박치우 정지원
편 집 3 팀	오준영 이해빈 이소의
디자인랩팀	김보라 박민솔
디지털사업팀	박상섭 김지연 윤희진
라이츠사업팀	김정미 맹미영 이윤서
영업마케팅팀	최원석 박수진
물 류 팀	허석용 백철기
경영지원팀	최정연
인쇄제작처	㈜코리아피엔피
발　행　처	㈜소미미디어
등　　　록	제2015-000008호
주　　　소	서울시 마포구 토정로222, 403호 (신수동, 한국출판콘텐츠센터)
판매 및 마케팅	(070) 8822-2301

ISBN 979-11-384-2519-3 (04830)
　　　 979-11-384-0626-0 (세트)